GERNER

Wolfram Hänel

WORLD ON FIRE

Für Ezra und Chaya

WOLFRAM HÄNEL

WORLD ON FIRE

cbt

Bei diesem Buch wurden die durch das verwendete Material und die Produktion entstandenen CO_2 -Emissionen ausgeglichen, indem der cbj Verlag ein Projekt zur Aufforstung in Brasilien unterstützt. Weitere Informationen zu dem Projekt unter: www.ClimatePartner.com/14044-1912-1002

FSC
www.fsc.org
MIX
Papier aus verantwortungsvollen Quellen
FSC® C014496

Penguin Random House Verlagsgruppe FSC® N001967

Wir produzieren Klimaneutral
ClimatePartner.com/14044-1912-1001
Druckprodukt

1. Auflage 2022
Erstmals als cbt Taschenbuch August 2022

Umschlaggestaltung: buxdesign GbR
Umschlagmotive © Trevillion Images Ltd. (220881)
ck · Herstellung: aw
Satz: Uhl + Massopust, Aalen
Druck und Bindung: GGP Media GmbH, Pößneck
ISBN 978-3-570-31471-5
Printed in Germany

www.cbj-verlag.de

Wer wird die neue Welt bauen,
wenn nicht du und ich?

(Ton Steine Scherben)

Warnung!
Einige der im Roman beschriebenen Aktionen sind nicht zur Nachahmung geeignet. Sie verstoßen gegen geltendes Recht, erfüllen den Strafbestand der Sachbeschädigung und könnten Menschenleben gefährden.

1.
I want you to panic

Lukas will die Leute aufrütteln. Die Aktion im Supermarkt läuft nicht wie geplant. Lukas macht eine geheimnisvolle Bekanntschaft.

Es ist schwieriger, als er dachte. Viel schwieriger. Obwohl er zu Hause geübt hat. Aber es ist ein Unterschied, ob so ein dämliches Grillhähnchen vor einem in der Spüle liegt oder im Kühlregal vom Supermarkt. Er hat Angst, die Nadel abzubrechen, aber er muss die Farbe bis tief ins Fleisch spritzen, sonst kann er die ganze Aktion vergessen …

Bei dem Probelauf, den er gemacht hat, war der Effekt verdammt gut. Keine fünf Minuten hat es gedauert, bis sich die Lebensmittelfarbe in den Fleischfasern überall verteilt hatte. Bis in die Beine und das stumpfe Loch am Hals, wo eigentlich der Kopf hingehört. Bei lebendigen Hühnern jedenfalls.

Er hat verschiedene Farben ausprobiert, bis er sich für Tartrazin entschieden hat. E 102. Mit dem klein gedruckten Hinweis »Kann Aktivität und Aufmerksamkeit bei Kindern beeinträchtigen«. Was immer das nun bedeuten soll. Auf jeden Fall war das Zeug problemlos im Netz zu bestellen. Und die orangegelbe Verfärbung sah genauso giftig aus, wie er es sich vorgestellt hatte. Grün wäre noch eine Alternative gewesen, E 142, war ihm dann aber nicht leuchtend genug.

Tartrazin also. Selbst jemand, der blöd genug ist, immer noch irgendwelches Billigfleisch zu kaufen, würde kapieren, dass da was verdammt Ungesundes unter der Plastikfolie steckt!

Mist, er braucht zu lange, um den Scheiß aus dem Regal zu nehmen und jedes Mal so zu tun, als würde er sich den Aufdruck auf der Packung durchlesen, während er heimlich die Spritze durch die Folie jagt. Er muss schneller sein. Bisher hat er gerade mal drei Päckchen mit Grillfleisch geschafft. Pikant gewürzt nach altdeutschem Rezept. Und ein paar Hamburger. Das reicht nicht. Und wenn er noch länger vor dem Kühlregal rumsteht, wird garantiert einer von den Angestellten auf ihn aufmerksam.

Er zieht sich das Hoodie noch weiter über den Kopf und hält die Tür mit der Schulter auf, jetzt kann er die Spritze direkt in die Packungen rammen, die vorne liegen. Kotelett, Schweinelende, Filetsteak, Bratwürstchen, Rollbraten. Wie am Fließband. Immer eine Ampulle für zwei Packungen. Neue Spritze und weiter.

Aus den Augenwinkeln sieht er den Typen im blauen Kittel, der vom Mittelgang aus auf ihn zusteuert. Mit einem Anzugträger im Schlepptau, Anzug, Krawatte, Brille und Glatze. Wahrscheinlich der Filialleiter höchstpersönlich.

Und die ersten Packungen, die er präpariert hat, schillern schon giftig gelb. Keine Chance, jetzt noch zu behaupten, dass er damit nichts zu tun hat. Dumm gelaufen, war ja aber eigentlich fast klar. Es wäre besser gewesen, das Ding zu zweit durchzuziehen. Mit einem, der die Fuzzis im Laden ablenkt, solange er am Kühlregal beschäftigt ist. Nur dass er Bennie dabei nicht gebrauchen konnte. An einen Typen im Rollstuhl würden sie sich garantiert erinnern. Und von den anderen wollte er keinen fragen. Die Sache war ganz allein sein Ding. Seine Idee. Sein Job. Seine Visitenkarte gewissermaßen.

Die Tür mit dem Schild NOTAUSGANG ist keine zehn Meter vom Kühlregal entfernt. Wenigstens das hat er sich vorher eingeprägt. Als Fluchtweg. Mit einem kurzen Spurt sollte er das schaffen, bevor sie ihm den Weg versperren können.

»He! Bleiben Sie mal da stehen!« Die Glatze! Höchste Zeit, sich abzusetzen. Nur dass der Typ im blauen Kittel jetzt die Richtung wechselt und jeden Moment beim Notausgang sein wird. Auf jeden Fall noch vor ihm, egal wie schnell er rennt. Als könnte der Typ Gedanken lesen!

»Ganz ruhig! Wir wollen nur wissen, was Sie da die ganze Zeit machen.«

Die Glatze kommt mit langen Schritten auf ihn zu. Garantiert der Filialleiter! In der Hand hat er ein Smartphone, wahrscheinlich hat er schon die Bullen angerufen …

»Kuckuck! Hier bin ich!« Der Ruf kommt so unerwartet, das der Filialleiter tatsächlich stoppt. Fast gleichzeitig stürzt die Dosenpyramide hinter ihm mit einem ohrenbetäubenden Scheppern in sich zusammen. Tomaten. Bohnen. Erbsen. Sonderangebot. Jede Dose 0,99 Euro.

Als die erste Dose durch den Laden fliegt, geht der Filialleiter hinter der Tiefkühltruhe in Deckung. Gerade noch rechtzeitig, bevor die Bohnen neben ihm gegen die Wand knallen. Die nächste Dose fliegt in Richtung Blaukittel und verfehlt ihn nur um Haaresbreite.

Für einen Moment ist Lukas wie gelähmt, er kennt die Frau mit der Skimaske, er hat sie schon mal gesehen. Sie ist schneller als jeder, den er jemals beim Parkourlaufen getroffen hat. Schneller und vor allem besser. Als würde sie kein Risiko kennen. Aber er hat keine

Ahnung, wer sie eigentlich ist. Er kennt sie nur mit der Maske. Schwarze Klamotten, schwarze Maske. Dass sie kein Typ ist, hat er an ihrer Figur gesehen. Aber er weiß noch nicht mal, ob sie blond oder dunkel ist.

Jetzt setzt sie mit einem einzigen Sprung über die Tiefkühltruhe hinweg, während sie gleichzeitig eine Packung Pommes auf den Filialleiter schleudert. Und ihn auch trifft, was ihr genug Zeit verschafft, um zu rufen: »Pennst du, Mann? Los komm, bleib dicht hinter mir!«

Wie auf Knopfdruck setzt sich sein Körper in Bewegung, er denkt nicht, er folgt nur der Frau vor sich. Die wie ein Schatten in Richtung Kasse läuft, über einen vollgepackten Einkaufswagen flankt, dann zur Kundentoilette abbiegt, die Tür aufreißt, am Waschbecken und den zwei Kabinen vorbeistürmt. Daneben ist noch eine Tür, die nur angelehnt ist und nach draußen führt. Eine Verkäuferin steht rauchend in der Sonne und schreit erschreckt auf. Dann quer durch den Hof und über die Mauer.

»Hier trennen wir uns, du nach links, ich nach rechts.« Und schon ist sie weg, wie ein Spuk. So wie beim letzten Mal, als er ihr begegnet ist.

2.
Make capitalism history

Lukas denkt an die fremde Frau im Supermarkt. Er wünscht sich, dass Marie so wäre wie die andere. Seit Bennies Unfall ist nichts mehr so, wie es sein soll.

Irgendwie hatte er es sich anders vorgestellt. Den Tag nach seiner Aktion im Supermarkt. Die fast schiefgegangen wäre, aber das muss er ja keinem erzählen. Schlimm genug, dass die Frau Bescheid weiß, die ihn da rausgeholt hat. Es nervt ihn, dass er keine Ahnung hat, wer sie ist. Und dass er null Ideen hat, wie er das rauskriegen könnte. Auch beim Parkourlaufen hat er sie ja nur einmal kurz gesehen. Als wäre sie nur zufällig auf seiner Strecke unterwegs gewesen. Genauso zufällig, wie sie im Supermarkt aufgetaucht ist. Aber es sieht verdammt so aus, als hätte sie ihn beobachtet! Wahrscheinlich hält sie ihn jetzt für eine ziemliche Niete.

Stimmt ja auch ein bisschen, das war nicht gerade eine Glanzleistung, was er da abgeliefert hat. Zu wenig durchdacht, die Nummer. Ohne die Frau mit der Maske wäre er am Arsch gewesen, das steht mal fest. Bleibt die Frage, ob sie überhaupt was von ihm wissen will, falls er sie irgendwie aufspürt.

Er muss mit Bennie darüber reden, ob dem was einfällt. Kleine Raster-Fahndung im Netz oder so. Wird aber schwierig werden, selbst für Bennie mit seinen Hacker-Tricks. Wenn er weiter keine Informationen kriegt, kann er auch nur auf gut Glück ein bisschen rumsurfen: Frau mit Skimaske. Schwarze Klamotten. Ziemlich geile Figur, was er so gesehen hat. Und eine verdammt gute Parkourläuferin …

Es ist saublöd, dass die Zeitung wieder nichts als den üblichen Scheiß geschrieben hat. War aber eigentlich klar. Immerhin ist das Foto von der Überwachungskamera, das sie abgedruckt haben, echt der Hammer: Er und die fremde Frau, wie sie dicht hintereinander von der einen Tiefkühltruhe auf die andere rüberspringen. Bisschen unscharf, weil voll in der Bewegung, und von hinten. Zwei Typen, die ungefähr gleich groß sind. Einer mit Hoodie, einer mit Maske. Mehr ist nicht zu erkennen. Ist auch besser so, sonst hätten ihn vielleicht die Sneaker verraten. Hat nicht jeder solche Dinger mit dem Hanfblatt als Logo. Bescheuert, dass er nicht vorher daran gedacht hat.

Eigentlich war der Plan, dass er am nächsten Tag in

der Schule zu Marie sagen kann: »Schon von der Aktion gestern gehört? Was glaubst du, wer der Typ war, der das gemacht hat? Du kennst ihn! Willst du einen kleinen Tipp?« Die Überraschung wäre ihm mit Sicherheit gelungen. Und Marie hätte kapiert, dass er mehr draufhat, als nur große Reden zu schwingen oder irgendwelche Sprüche zu machen. Aber jetzt mit dem Foto wird sie sofort wissen wollen, wer der zweite Typ ist.

»Kann ich dir nicht sagen«, wäre vielleicht keine schlechte Antwort. »Je weniger du weißt, umso besser für dich. Und auch für uns, für die ganze Gruppe, verstehst du?«

Ist aber Quatsch, weil Marie genau weiß, dass es keine Gruppe gibt. Und dass der zweite Typ unmöglich Bennie sein kann, weil jemand, der im Rollstuhl sitzt, nun mal nicht zwischendurch über Tiefkühltruhen springt.

So viel zu seiner Idee, Marie zu beeindrucken. Klar ist er verknallt in Marie. Wäre ja wohl jeder, der nicht nur mit ihr geknutscht, sondern noch ein paar ganz andere Sachen mit ihr gemacht hat. Oder vielmehr sie mit ihm. So war es nämlich!

Er hätte sich nie getraut, sie einfach so zu fragen, ob sie mit ihm ins Bett will. Aber sie hat genau das getan. Wenn sie dann auch nicht zusammen im Bett gelandet sind, sondern …

Egal. Es ist ja sowieso nur dieses eine Mal passiert! Nach der Demo, als sie sich in der Kirche versteckt hatten. Oben auf der Empore, neben der Orgel. Wo dann leider genau im falschen Moment der Pfarrer aufgetaucht ist. Zum Glück hat er auf der Treppe zu ihnen hoch so laut gekeucht, dass sie ihn gerade noch rechtzeitig gehört haben.

Lukas wird nie vergessen, wie Marie kackfrech behauptet hat, dass sie sich nur deshalb heimlich in die Kirche geschlichen hätten, weil sie einmal in ihrem Leben Orgel spielen wollte. Und bevor der Pastor noch mitgekriegt hat, dass ihr Slip keine zwei Meter vor ihm auf dem Boden lag, hatte Marie sich schon auf die Orgelbank gesetzt und angefangen zu spielen. Alle Register bis zum Anschlag, volles Gebrause und so, ziemlich überzeugend. Johann Sebastian Bach, wie sie ihm hinterher erzählt hat. Und natürlich war es nicht das erste Mal, dass sie Orgel gespielt hat! Ihre Mutter ist Organistin. Und spielt auch Keyboard in einer Band. Er wusste, dass Marie auch Klavier spielen kann, aber da in der Kirche hat er zum ersten Mal gehört, was sie draufhat.

Der Pastor war geplättet. Zu Recht! Weshalb er auch erst fünf Minuten später argwöhnisch gefragt hat, ob sie nicht vielleicht doch zu den Chaoten von der Demo gehören würden.

»Wir?«, hat Marie empört gerufen und sich ihre

Dreadlocks nach hinten geschleudert. »Sehen wir etwa so aus?« Dann hat sie sich gebückt und in aller Seelenruhe ihren Slip eingesteckt. Und dann sind sie die Treppe runter und weg. Raus aus der Kirche und über den Friedhof bis zum Fluss.

Lukas weiß noch, dass er gedacht hat, Marie würde sich wie eine gute Parkourläuferin bewegen. Als er gesehen hat, wie sie die Mauer angegangen ist, über die sie rüber sind. Er hat sie auch gefragt. Ihre Antwort war nicht so ganz eindeutig: »Hab ich mal eine Weile gemacht, ja, war aber irgendwie nicht mein Ding.«

Vielleicht kennt nur er diese andere Marie. Die da offensichtlich noch ein ganz anderes Leben hatte, bevor sie zu ihnen an die Schule gekommen ist. Anderes Leben, andere Stadt, andere Leute. Sie redet nicht viel darüber. Und in der Schule ist sie mit keinem sonst wirklich befreundet. Die meisten halten sie auch für zu ernst oder arrogant. Dabei ist sie cool und schlau und sieht gut aus und alles, aber es scheint, als wollte sie niemanden zu dicht an sich ranlassen. So was Ähnliches hat sie auch zu Lukas gesagt. Nach der Sache hinter der Orgel, einen Tag später oder so: »He, du bist echt okay, aber wir lassen es besser bei einer Freundschaft. Alles andere macht nur Probleme. Vergiss einfach, dass wir miteinander rumgemacht haben, es kommt nicht wieder vor.«

Erst hat Lukas gedacht, dass es wahrscheinlich noch

einen anderen gibt. Von früher. Inzwischen ist er sich ziemlich sicher, dass er sich geirrt hat. Da ist keiner weiter. Aber es scheint, als hätte Marie Angst davor, dass jemand sie zu sehr einschränken könnte. Dass sie dann nicht mehr einfach machen kann, was sie will.

»Ist doch kein Problem«, hat er zu ihr gesagt. »Wir sehen uns nur, wenn es für dich okay ist. Und ansonsten macht jeder sein eigenes Ding.«

Aber Marie hat nur den Kopf geschüttelt.

Für eine Sekunde wünscht er sich, dass Marie mehr wie die fremde Frau mit der Skimaske wäre. Die hätte bestimmt kein Problem damit, ein bisschen Bonnie und Clyde mit ihm zu spielen. Sie beide gegen den Rest der Welt oder so was. Das wär's, denkt er. Marie und ich. Und dann aber ein paar Aktionen, über die sie alle reden würden. Und die so schnell keiner vergisst, weil sie einfach verflucht gut sind. Richtig geplant und professionell durchgezogen. Das wär's.

Lukas ist spät dran. Nur Marie kommt noch nach ihm in die Klasse. So ziemlich zeitgleich mit dem Lehrer. Und sie setzt sich sofort an ihren Platz, ohne ihm auch nur einen Blick zuzuwerfen. Obwohl sie garantiert den Zeitungsartikel gelesen hat. Und normalerweise sind solche Aktionen immer etwas, worüber sie miteinander reden. Weil Marie genauso wie er schon bei den Schlagzeilen ausflippt, wenn die Zeitung mal wieder nichts Besseres hingekriegt hat, als von »linken Chaoten« zu schreiben. Linke Chaoten, Linksradikale, Personen aus dem linksextremen Spektrum. Egal, worum es geht. Alles wird sofort plattgemacht und mit dem Stempel »Verfassungsfeind« versehen. Nicht nur bei jeder Klima-Demo, sondern genauso bei Aktionen gegen Polizeigewalt oder die Flüchtlingspolitik und das Massensterben auf dem Mittelmeer. Oder eben beim Thema Tierhaltung und Billigfleisch:

LINKE CHAOTEN VERGIFTEN FLEISCH
IM SUPERMARKT.

Der Lehrer holt die Zeitung aus seiner Tasche und hält sie hoch, sodass jeder die Schlagzeile mit dem Foto sehen kann.

»Ich hoffe, das war niemand von euch«, erklärt er. Sein verkniffenes Grinsen zeigt deutlich, dass er seinen Satz nicht so ironisch meint, wie er klingen soll. »Wir waren uns doch einig, dass Gewalt niemals der richtige Weg sein darf! Ebenso wenig wie solche illegalen Aktionen …

Und bla, bla, bla, Lukas hört schon nicht mehr hin. Eigentlich ist der Lehrer ganz in Ordnung, Studienrat für Deutsch und Politik. Aber manche Sachen kriegt er einfach nicht auf die Reihe. Und sogar Fridays for Future sind ihm zu radikal. Vielleicht stört es ihn aber auch nur, dass sie die Schule schwänzen. Typisch Lehrer, würde passen, auch wenn er es nie zugeben würde. Professionelle Deformation nennt man das wohl. Nichts mitkriegen, was nicht den Rahmenrichtlinien entspricht.

Aber hey, denkt Lukas, es geht um unser Leben, es ist unsere Zukunft! Extinction rebellion. Klingt drastisch, ist aber so. Wenn sie nicht ausgelöscht werden wollen, müssen sie was tun. Ein paar Dinge verändern, die hier verdammt schieflaufen. Mehr als nur ein paar Dinge! Und es muss jetzt passieren, nicht 2040 oder 2050. Dann wird es zu spät sein, das war's dann nämlich.

Aber dafür reicht es nicht, jeden Freitag auf die Straße statt in die Schule zu gehen. Genauso wenig wie jede andere Demo mit schönen Parolen und Handzetteln. Sie haben es ja versucht, die Leute ganz sachlich über die Faktoren zu informieren, die für den Klimawandel verantwortlich sind. Dass alles zusammenhängt! Und dass es nicht nur darum geht, ein paar Bäume zu retten oder so, sondern dass die Gesellschaft verändert werden muss: MAKE CAPITALISM HISTORY! Die Idee vom Profitwachstum funktioniert nicht mehr. Und es ist auch nicht 5 vor 12, sondern schon lange drüber. Das will aber keiner hören! Solange die Leute scheinbar ohne Probleme weitermachen können wie bisher, will auch niemand seine Gewohnheiten verändern. Oder ganz und gar plötzlich auf etwas verzichten, was er schon immer so gemacht hat. Die tägliche Billigfleischorgie gehört genauso dazu, wie mit dem Auto zum Brötchenholen zu fahren. Der ganze andere Scheiß, der jetzt gerade anfängt, ihnen gewaltig um die Ohren zu fliegen. Deshalb wird es eben nicht reichen, ein bisschen zu demonstrieren.

Fridays for Future machen ja eigentlich nichts weiter, als von der Regierung die Erfüllung der Klimaziele einzufordern, die die Politiker selber vorgegeben haben, mehr nicht. Und trotzdem reicht das schon, um die Leute durchdrehen zu lassen. Lukas hat noch deutlich den Alten mit der Brille vor Augen, der kurz davor war, sie nicht nur zu beschimpfen, sondern zu schlagen. Weil sie gerade im Moment daran schuld wären, wenn das Klima kippt, hat er behauptet und auf die Autoschlange gezeigt, die wegen der Demo nicht weiterkam: »Da stehen die ganzen Autos jetzt und verpesten die Luft – wegen euch Spinnern!«

Es wird sich nur etwas ändern, wenn die Leute Angst kriegen. Und zwar davor, dass ihnen selbst etwas passiert! Deshalb ist er ja auch auf die Nummer mit der Lebensmittelfarbe gekommen. Damit jeder Angst kriegt, dass er sich gerade voll das Gift reinzieht. Als mal rausgekommen ist, dass irgendeine Fertig-Lasagne aus Pferdefleisch bestand, hat es sofort ein paar Tausend Vegetarier mehr gegeben …

Lukas schreckt hoch, als er Maries Stimme hört.

»Die Aktion mit der Farbe war bescheuert«, erklärt sie gerade. »Selbst wenn die Typen nicht so doof gewesen wären, sich fast noch erwischen zu lassen, bringt es doch nichts, wenn das Fleisch schon im Kühlregal so giftig aussieht, dass die Verkäufer es sofort bemerken. Spätestens wenn der erste Kunde was sagt! Und dann brauchen sie es nur auszutauschen und in den Container zu werfen, mehr passiert nicht. Die Fleischfresser kriegen das doch nicht mal mit!«

»Da hat sie recht«, meldet sich Bennie zu Wort. »Um Panik zu machen, reicht das nicht.«

Lukas merkt, dass er wütend wird. Weil ihm plötzlich klar wird, dass die beiden recht haben. Es stimmt ja, was sie sagen! Aber trotzdem, hinterher kann jeder rumlabern und irgendwas besser wissen!

»Ach ja?«, blafft er Bennie an, ohne sich darum zu kümmern, ob noch jemand was sagen will. »Ist ja schön, was du alles weißt. Dann erzähl doch mal, wie du es gemacht hättest.«

»Ganz ruhig, Leute, bleibt bitte sachlich, ja«, mischt sich der Lehrer ein.

»Gerne!«, kommt es sofort von Marie, noch bevor Bennie etwas erwidern kann. »Ganz sachlich, Lukas! Die Idee mit der Farbe ist nicht schlecht, aber auch nicht wirklich gut. Das könnte nur funktionieren, wenn die Fleischproduzenten ihr Zeug mit Aufrufen in der Zeitung zurücknehmen müssten, weil sie einen Brief gekriegt haben, in dem steht, dass nicht überall nur Farbe reingespritzt wurde, sondern tatsächlich irgendein Gift, was man aber nicht sieht.«

»Stopp!«, sagt der Lehrer. »Das wäre nicht nur höchst kriminell, sondern würde Menschenleben gefährden, also …«

»Also brauchen wir was anderes«, macht Marie weiter. »Vor allem müssen die Leute glauben, dass das Fleisch nicht von irgendwelchen … Chaoten vergiftet wurde, sondern dass wirklich was nicht stimmt mit ihrem Grillhähnchen aus der Massentierhaltung, weil es nämlich scheiße *schmeckt*. Also nicht Farbe nehmen, sondern irgendein Zeug, das harmlos ist, aber den Geschmack verändert.«

Marie lässt ihn nicht aus den Augen, Lukas überlegt fieberhaft, ob das heißen soll, dass sie bei einer solchen Aktion vielleicht mitmachen würde. Aber das passt nicht zu Marie, sie ist diejenige, die Flugblätter verteilt und auf der Demo ruft: *Wenn das Klima eine Bank wäre, ihr hättet es schon längst gerettet!* Und: *Wir sind hier, wir sind laut! Weil ihr uns die Zukunft klaut!* Mehr nicht. Sie wird niemals so sein wie die fremde Frau mit der Maske, die mit Konservendosen und tiefgefrorenen Pommestüten wirft …

Jetzt reden alle durcheinander. Wie üblich gibt es wieder zwei Lager in der Klasse. Irgendjemand will von Marie wissen, ob sie »so was« wirklich machen würde.

»Seh ich so aus?«, fragt Marie und wirft ihre Dreadlocks zurück.

»Ja«, grinst Bennie. »Marie als Staatsfeind Nummer eins. Leichen pflastern ihren Weg und so.«

»Danke, Bennie«, erwidert Marie in das Gelächter hinein. »Ich hoffe nur, dass du dann den Fluchtwagen für mich fährst.«

»Geht klar«, meint Bennie und klopft mit der Hand auf den Greifring des Rollstuhls. »Ich und mein Porsche gehören dir! Fuck all Grillhähnchen!«

Natürlich fängt sich Bennie einen warnenden Blick des Lehrers ein, aber von einem Moment zum nächsten ist die Stimmung nicht mehr so aggressiv. Und zumindest können sie sich alle darauf einigen, dass die letzten Sätze des Zeitungsartikels mehr als haarsträubend sind. Dumm, bösartig, zynisch. Auch der Lehrer ist da auf ihrer Seite. Bei bestimmten Sachen kann er dann doch über seinen Tellerrand gucken. Das spricht für ihn. Obwohl es leider nur dann passiert, wenn er selber sich so veralbert vorkommt, dass er sauer wird …

Der Redakteur hat es tatsächlich fertiggebracht zu behaupten, dass die Politik ja doch längst reagiert hat, dass die gesetzlichen Vorgaben zur Tierhaltung vollkommen ausreichend sind: »Wenn das Tierwohl auch aus ökonomischen Gründen nicht an erster Stelle stehen kann, so wird doch alles dafür getan, eine größtmögliche artgerechte Haltung zu gewährleisten. Womit nochmals deutlich wird, dass Aktionen wie die im Supermarkt aus rein ideologischen Motiven von Leuten durchgeführt werden, die sich jeder sachlichen Argumentation verweigern und versuchen, die Menschen in diesem Land mit völlig haltlosen Behauptungen zu manipulieren.«

»Ja!«, ruft Bennie. »Die Erde ist eine Scheibe, Schweine können fliegen, und die Landwirtschaftsministerin ist die heilige Johanna der Tierrechte.«

Er greift in seine Schultasche und zieht den Laptop hervor, der mit Aufklebern übersät ist. *Another world ist possible. FCK NZS. Vegetarier aller Länder vereinigt euch.*

»Ich zeig euch was, passt dazu …«

Seine Finger fliegen über die Tastatur, dann poppt ein Foto auf, ein überdimensionales Plakat vor einem Mastbetrieb mit der Überschrift: SIE WILL NICHTS ALS IHRE 1,5 QUADRATMETER, SONST WÄRE SIE LÄNGST WEGGELAUFEN. Und auf dem Foto ist eine Sau zu sehen, deren Box so eng ist, dass die Gitterstäbe sich in ihr Fleisch drücken.

»Das ist keine Satire, Leute, das kommt von einem

Betrieb in Amerika, wo die Schweinefleischindustrie gerade solche Kampagnen fährt, um ihr Image aufzubessern. Kein Witz!«

Und dann ist die Stunde zu Ende.

»Gutes Timing«, sagt irgendjemand. »Teilt sich einer sein Wurstbrot mit mir?«

Niemand lacht. Es ist einer von diesen Momenten, in denen Lukas denkt, dass sie vielleicht doch etwas bewirken können. Sie sind zwanzig Leute, dreiundzwanzig, um genau zu sein. Und es ist keiner dabei, der behaupten würde, dass alles nur gelogen ist. Sie wissen alle, dass irgendwas passieren muss. Weil sie nämlich auch alle Angst haben, wie es in zehn oder zwanzig Jahren sein wird. Wenn die, die jetzt gerade jede Veränderung verhindern, schon lange im Pflegeheim sitzen und Gedächtnisübungen für Demenzkranke machen.

Fast alle von ihnen haben begriffen, dass es nicht darum geht, irgendwelche neuen Technologien zu erfinden, die die Welt retten werden. Und fast alle tun auch was, essen kein Fleisch mehr, fliegen nicht mehr, fahren Fahrrad, ökologischer Fußabdruck und so. Und wenn sie das durchhalten und andere überzeugen mitzumachen, dann …

Nein, denkt er im nächsten Moment. Das wird nicht reichen. Es werden nie genug Leute mitmachen. Für die meisten ist es okay, nicht mehr dauernd was Neues zu kaufen, kein Plastik, kein Fleisch mehr, nicht mehr fliegen und so was. Für die meisten von uns jedenfalls. Aber spätestens wenn es darum geht, irgendwie Ärger zu riskieren mit den Bullen oder irgendwelchen Behörden, werden sie abspringen. Weil sie nicht kapieren, dass es gar nicht mehr anders geht. Genauso wenig wie irgendeiner kapiert, dass wir eigentlich jetzt schon echt am Arsch sind. Weil das keiner kapieren will, ich selber ja auch nicht!

Aber wir können auch nicht so tun, als hätten wir keine Ahnung davon, was schon in den nächsten Jahren so passieren wird. Also haben wir nur zwei Möglichkeiten: Entweder wir verkriechen uns jetzt heulend in irgendeiner Ecke und warten darauf, dass es möglichst schnell vorbei ist. *We're fucked. Learn to die*!

Oder aber wir machen was. Und wenn es nur darum geht, den Arschlöchern auf dieser Welt zu zeigen, dass sie mit ihrem Scheiß nicht mehr einfach so durchkommen. Sondern dass da Leute sind, die so lange nerven werden, bis man ihnen endlich mal zuhört.

So ähnlich sagt er das dann in der Pause noch mal. Auch Bennie ist jetzt wieder auf seiner Seite. Und sagt: »Wir geben erst Ruhe, wenn man der Welt anmerkt, dass wir da sind.«

Kein schlechter Spruch, denkt Lukas, wo immer Bennie ihn aufgeschnappt hat. Wahrscheinlich irgendwo im Netz, wie alles, was sein Freund so an verblüffendem Zeug weiß.

Bennie grinst und streckt den Arm aus. »Gib mir fünf, Alter!«

Sie klatschen sich ab. Und Bennie zwinkert ihm kurz zu, sie haben später noch eine Verabredung, immer dienstags um fünf. Ist so was wie eine Tradition, selber Tag und selbe Zeit wie früher, nur dass sie nicht mehr auf der S-Bahn surfen. Geht ja nicht mehr, seit Bennie im Rollstuhl sitzt. Aber dafür verhelfen sie jetzt anderen zu ein paar Sekunden »Freiflug«, wie Bennie es nennt. Oder auch wood diving. Wie stage diving, nur mit Bäumen statt Bühne. Und ohne dass unten welche sind, die dich auffangen. Er zwinkert zurück. Sieht, wie Marie unwillig den Mund verzieht. Und sich umdreht und einfach geht.

Er weiß nicht, was heute mit ihr los ist. Es ist fast so, als wäre sie sauer auf ihn. Aber er hat nichts gemacht! Wenn ihr irgendwas nicht passt, soll sie es gefälligst sagen, denkt er. Gleichzeitig ist er froh, dass sie keine Ahnung hat, wer der eine der beiden Typen auf dem Zeitungsfoto vom Supermarkt ist. So wie sie sich vorhin über die Aktion aufgeregt hat, hätte er damit garantiert das Gegenteil von dem erreicht, was er eigentlich wollte.

Die letzten beiden Stunden kämpft er damit, nicht

einfach einzuschlafen. Geografie und Physik. Bodenerosion in den Anden. Wo man vielleicht auch mal darüber reden könnte, wer verantwortlich dafür ist, dass auf den Bergen nichts mehr wächst als Steine. Man könnte auch ganz konkret mal Namen nennen, wer da seine Hände im Spiel hat: Shell. Exxon. BP. Total.

Auch in Physik gäbe es bestimmt irgendwas, was wichtiger zu wissen wäre, als dass Otto von Guericke 1654 die Magdeburger Halbkugeln erfunden hat. Zum Beispiel, ob einer schon was erfunden hat, womit man die Plastikstrudel im Pazifik beseitigen kann.

Als er einen kurzen Blick zu Marie hinüberwirft, ertappt er sie dabei, dass sie ihn beobachtet. Im nächsten Moment sieht sie schnell weg.

Hendrik schiebt ihm einen Zettel über den Tisch. *Magdeburger Halbkugeln* steht vorne drauf. Auf der Rückseite hat Hendrik eine nackte Frau gezeichnet. Hendrik kann zeichnen, selbst mit Kugelschreiber sieht es verdammt gut aus. Und es ist schon klar, welche Halbkugeln er meint! Lukas schiebt den Zettel weiter zu Bennie. Bennie grinst. Aber dann zerknüllt er den Zettel plötzlich und schnippt ihn auf den Fußboden.

Lukas ärgert sich über sich selbst, dass er die Zeichnung ausgerechnet an Bennie weitergegeben hat. Er hat so eine Ahnung, was Bennies Problem ist. Er wagt es nur nicht, ihn darauf anzusprechen. Das Thema

Frauen und Sex existiert nicht zwischen ihnen beiden. Obwohl Bennie sein bester Freund ist. Oder gerade deshalb!

Bennie hat nur einmal so was gesagt wie: »Das wär's dann wohl für mich. Oder wie denkst du dir das, wie ich eine Frau abschleppen soll? Soll ich sagen: He, ich kann zwar nicht laufen, aber sonst funktioniert noch alles? – Mann, glaubst du ernsthaft, es gibt irgendeine Frau, die sich für einen Typen im Rolli interessiert, solange da draußen genug andere rumlaufen, die ihre Beine noch benutzen können?«

Und Lukas hat nicht gewusst, was er erwidern sollte. Sie hätten die Scheiße mit dem S-Bahn-Surfen nie machen sollen! Aber sie sind ja auch gar keine Trainsurfer. Oder ganz und gar Roofrider. Sie waren Sprayer. Alles andere war nur ein Zufall. Nicht geplant, sondern einfach so passiert …

Nachts. Ein paar Gestalten huschen über die Gleise. Schwarze Schatten in der Dunkelheit. Die Wagen der S-Bahn wirken farblos, wie auf einer unscharfen Schwarz-Weiß-Fotografie. Eine Bogenlampe spukt einen gelblichen Schein auf den Schotter. Als die Wolkendecke aufreißt, taucht das Mondlicht die Szene für eine Sekunde in grelles Licht, das alle Konturen scharf hervortreten lässt. Ein Gesicht in Großaufnahme. Bennie. Dann in rascher Folge

Bennie, Lukas, Tassilo, Hendrik, Aylin. Einundzwanzig, zweiundzwanzig, aus, black.

Unterdrückte Stimmen, hastige Schritte auf dem Schotter zwischen den Gleisen, das Klackern der Patronen in den Spraydosen. Artist Premium. Function guaranteed. Das anschwellende Jaulen der Schienen, als sich eine Bahn nähert, dann wischen auch schon die erleuchteten Fenster vorüber, die Abteile sind fast leer, nur ein oder zwei bleiche Gesichter, auch ein Kontrolleur, dessen vorgebeugte Haltung zeigt, dass er etwas gesehen hat.

Sie haben sich getrennt und arbeiten an zwei abgestellten Bahnen gleichzeitig. Bennie und Lukas. Und Tassilo, Hendrik und Aylin. Keiner ist so schnell wie Bennie, die erste Dose ist schon leer gesprüht, dann hilft er Lukas, einen Schattenriss unter die Buchstaben zu legen: SMASH THEIR PARTY. Tassilo ist der Einzige, der mit Silber sprayt, ein Meer von glänzenden Sternen, das von den Achsen bis zum Dach hinaufreicht. Aylin platziert ihre Bomben mit der Funken sprühenden Lunte immer genau an die Kanten der Türen. Als würden sie jeden Moment aufgesprengt werden: BUMM! Hendrik sprayt ein Banksy-Motiv, der Steinewerfer, der Blumen über die Fensterscheiben schleudert. Verdammt gut, Hendrik hat es echt drauf.

»Fertig! Lass uns abhauen!«

»Warte mal!«, ruft Bennie zurück. »Da ist ein Fenster offen, siehst du das?« Er schiebt sich die Spraydose in die

Tasche seiner Cargo-Hose und springt nach oben. Klammert sich mit den Fingern an den Fensterrahmen und versucht, sich hochzuziehen, während seine Sneaker auf dem glatten Wagenblech aber immer wieder abrutschen.

»Scheiße, Mann, was soll das? Was hast du vor?«

»Rauf aufs Dach! Und dann über die volle Fläche FCK NZS.« Mit einem Ruck schafft er es, ein Bein in die Öffnung zu kriegen, und drückt sich nach oben. »Fuck Nazis! Kommt bestimmt gut da oben!«

»Vergiss es, Bennie! Wir müssen weg hier, wir sind sowieso schon zu lange hier. Komm wieder runter, los!«

»Gib mir drei Minuten! Ich mach auch ein Foto, du wirst es lieben …«

Bennie stemmt sich hoch und zieht sich über die Dachkante. Tom Cruise für Arme. Aber nicht schlecht.

Im selben Moment flammen die Lichter in dem Waggon unter Bennie auf, die hydraulischen Bremsen zischen, die Bahn rollt an.

»Scheiße, was ist das denn?«

»Komm runter, Bennie, schnell, spring!«

Auch die anderen treten jetzt aus der Dunkelheit. »Was machst du da? Bist du bescheuert?«

Ratternd und stoßend gewinnt die Bahn an Tempo. Bennies Gesicht ist starr vor Entsetzen. Die anderen müssen jetzt rennen, um mitzukommen.

»Wirf dich flach hin! Klammer dich mit den Händen

an die Dachkante! Bis zur ersten Station und dann runter. Du schaffst das!«

Bennies Spraydose rollt vom Dach und schlägt scheppernd auf die Steine zwischen den Schienen.

Dann ist nur noch die Rückseite des letzten Wagens zu sehen. Und Bennie scheint von der Dunkelheit wie verschluckt. Ein Schlusslicht ist kaputt, das linke. Nur das rechte leuchtet noch als rotes Auge, bis die Bahn außer Sicht ist.

»Die nächste Haltestelle ist Leipziger Straße, los, kommt, wir müssen da hin!«

In der Zeitung stand dann:

SCHWERER UNFALL
BEIM S-BAHN-SURFEN.

Ein 16-jähriger »Roof-Rider« ist schwer verletzt worden, als er beim S-Bahn-Surfen auf dem Dach der S 18 seinen ebenso illegalen wie lebensgefährlichen »Kick« gesucht hat. Es passiert auch ohne direkten Kontakt zur Oberleitung, dass ein sogenannter Lichtbogen auf den S-Bahn-Surfer überspringt und zu schwerwiegenden Verbrennungen führt. Dabei jagen bis zu 15.000 Volt durch den menschlichen Körper. Der Oberschüler Marc Düsenberg (Name geändert) hat durch seinen Leichtsinn die Unterschenkel beider Beine verloren und wird für den Rest seines Lebens im Rollstuhl sitzen. Jedes Jahr verunglücken beim S-Bahn-Surfen ca. 40 Jugendliche in Deutschland tödlich, den traurigen Rekord hält Berlin mit 18 tödlichen Unfällen allein schon in diesem Jahr.

3.
No more excuses for passivity

Lukas redet mit seinem Vater. Seine Mutter kommt dazu. Sie kapieren nichts.

Klar hat Lukas die Karre vor der Einfahrt stehen sehen. Und gewusst, dass sein Alter zu Hause ist, wahrscheinlich, um schnell irgendwas zu holen. Oder um mal eben in den Pool zu hüpfen. Als er in die Küche kommt, will er sich nur ein Brot machen, aber sein Vater nutzt die Gelegenheit, um seine Meinung kundzutun. So ziemlich eins zu eins das, was in der Zeitung steht, und noch ein bisschen Dünnschiss dazu, direkt vom Erzeuger auf den Tisch sozusagen. Von dem Mann, der alles weiß und seinen Sohn deshalb gerne an seinem Wissen teilhaben lässt.

Dass es natürlich linke Chaoten waren, die noch nicht mal mehr davor zurückschrecken, Straftaten zu begehen, um ihre Ziele durchzusetzen. Ihre kriminellen Ziele.

Lukas' Vater: »Die grünen Klimadiktatoren sind eine Gefahr, die das ganze Land in Schutt und Asche legen wird.«

O-Ton! Und der brave Bürger kann nur entsetzt zusehen, wie alles den Bach runtergeht. Die Demokratie. Die persönliche Freiheit. Die Rechte, für die gerade Menschen wie Lukas' Vater hart gearbeitet haben und die ihnen deshalb zustehen. Für die sie auch kämpfen werden! Kein Tempolimit. Und jeden Tag Fleisch auf den Tisch. Kein Verzicht auf irgendwas, nur weil das Klima ein bisschen verrücktspielt.

Lukas' Vater: »Solche Temperaturschwankungen hat es schon immer gegeben. Und überhaupt soll erst mal China anfangen, seinen CO_2-Ausstoß zu drosseln, das sind nämlich die schlimmsten Umweltverschmutzer von allen.«

»Super, Papa«, sagt Lukas, obwohl er weiß, dass es ein Fehler ist. Aber es geht nicht anders, er muss es sagen! Auch wenn klar ist, dass sein Vater nur auf so was gewartet hat. »Mann, Typen wie du sind es doch, die nicht nur dieses Land, sondern die ganze Welt kaputtmachen! Oder das, was überhaupt noch davon übrig ist, das meiste habt ihr ja schon geschafft.«

Und sein Vater grinst und greift nach den Autoschlüsseln. Kippt seinen doppelten Espresso runter und sagt: »Mach nur weiter so. Wir sprechen uns wieder, wen du nicht mehr alles nachplapperst, was dir deine Klimaschützer-Freunde erzählen. Aber solange will ich meinen Spaß haben! Und du wirst es auch noch begreifen, dass das Leben ein paar Dinge bereithält, die man nicht einfach so hergibt.«

»Was genau meinst du? Deinen Laubbläser, deinen Edelstahlgrill oder deinen 75-Zoll-Flachbildschirm? Nein, ich meine es ernst, ich will es wissen, es interessiert mich wirklich!«

Das ist der Moment, in dem sein Vater dann wieder dieses mitleidige Lächeln aufsetzt, das Lukas mehr hasst als jeden Wutausbruch. Nur dieses Lächeln, sonst nichts. *Du armer Idiot. Du hast doch keine Ahnung. Schwer vorstellbar, dass du wirklich mein Sohn sein sollst.*

Dann kommt seine Mutter runter und macht sich am Standmixer zu schaffen. Für ihren mittäglichen Smoothie. Spinat und Kiwi.

Er hat keine Ahnung, wie viel sie von ihrem Gespräch mitgekriegt hat, aber ihr Kommentar ist so überflüssig wie nur irgendwas.

»Lass Papa doch, du weißt, wie er ist. Aber er meint es nicht so, er weiß auch, dass nicht alles in Ordnung ist, was in der Welt geschieht. Aber er will doch nur vermeiden, dass du dich für irgendwas einsetzt, was sowieso nicht zu ändern ist.«

Mixergetöse von der Küchenzeile und das satte Motorengeräusch von draußen, als sein Vater aus der Einfahrt fährt. BMW Roadster, 430 PS, in viereinhalb Sekunden von null auf hundert, 250 km/h Spitze, mit allen Extras mal eben knappe 155.000 Euro.

Eine geile Karre, ohne Frage, aber ungefähr so notwendig wie ein zweiter Blinddarm. Oder wie mit dem Flugzeug von Hamburg nach München in die Disco zu jetten. Mit dem Kreuzfahrtschiff nach Venedig zu fahren. Einen Snowdome in Abu Dhabi zu bauen.

4.
Give peace a chance

Benni und Lukas machen ihren Nebenjob, wie jeden Dienstag. Sie treffen Hendriks Schwester. Lukas streitet sich mit Marie.

Am Ende der Straße ist eine Wendeplatte, danach beginnt der Waldweg. An einigen Stellen sind die Fahrspuren so tief, dass Bennie aufpassen muss, mit dem Rollstuhl nicht umzukippen. Als Lukas ihn schieben will, schüttelt er unwirsch den Kopf.

»Arschlöcher!«, quetscht er zwischen den Zähnen hervor. »Ich würde zu gerne mal sehen, wie so eine Dreckskarre verreckt, Achsenbruch oder so was.«

»Wird nicht passieren«, erwidert Lukas. »Dafür sind die Dinger ja gebaut, die können mehr als die paar Löcher hier.«

Seit einiger Zeit nutzen ein paar Leute mit schweren SUV den zerfurchten Weg, um sich als Off-Road-Helden zu fühlen. Besonders nachdem es geregnet hat, gleicht die Strecke einer einzigen Schlammbahn. Zweimal haben Lukas und Bennie einen Wagen gesehen, einen mattschwarzen Mercedes-Jeep, mit abgeklebten Nummernschildern. Und der Fahrer mit Baseballcap und Sonnenbrille!

Irgendwelche Scheißspießer mit zu viel Geld. Arbeiten wahrscheinlich in einer Bank oder Versicherung, immer schön Anzug und Krawatte und »Ja, Chef, selbstverständlich, wird sofort erledigt, Chef«. Nur in der Freizeit dann den CO_2-Rambo spielen! Scheiß auf die Natur oder die Leute, die sich freuen, mal ein paar Vögel statt ständig Motorenlärm zu hören. Oder mal ausnahmsweise keine Auspuffgase einzuatmen, sondern Erde und Holz und Gras zu riechen …

»Da vorne steht einer!« Bennie zeigt auf eine Stelle zwischen den Bäumen, an der die Sonnenstrahlen von einer Autoscheibe reflektiert werden.

»Das ist an dem Trampelpfad zum Hochsitz«, sagt Lukas. »Wahrscheinlich der Jäger. Vielleicht ist er gerade dabei …«

Der Rest seines Satzes wird übertönt vom schrillen Kreischen einer Motorsäge. Dann Hämmern, dann wieder die Säge.

»Er ist dabei«, stellt Bennie fest.

Als sie sich nähern, sehen sie den weißen Range Rover. Mit den weißen Ledersitzen und dem Aufkleber an der Windschutzscheibe: *PRO JAGD! Jagd ist angewandter Naturschutz!*

»Oh Mann«, stöhnt Bennie.

»Ist was?« Der Mann im Tarnfleckanzug tritt so unvermittelt zwischen den Büschen hervor, dass Lukas und Bennie zusammenzucken. Wir hätten merken müssen, dass die Säge nicht mehr an war, denkt Lukas. Schön blöd von uns.

»Was soll sein?«, fragt Bennie. »Schönes Auto. Aber unpraktisch mit dem weißen Leder, oder nicht? Ich meine, wegen Blut und so.«

Der Effekt ist immer der gleiche, selbst wenn Bennie etwas sagt, wofür jeder andere sofort irgendeine aggressive Reaktion bekommen würde, passiert nichts weiter. Leichte Irritation, ob ein Typ im Rollstuhl wirklich so frech ist. Eher nicht, kann gar nicht sein. Man muss auch vorsichtig sein, Rolli-Fahrer anmachen gehört sich nicht.

»Hab eine Plane hinten drin«, erklärt der Jäger.

»Schlau«, sagt Bennie. »Finde ich gut.« Er zeigt auf die Motorsäge, die der Typ in der Hand hat. »Und jetzt bauen Sie gerade einen neuen Hochsitz? Größer, schicker, mit Heizung?«

So wie er es sagt, kann der Jäger nicht entscheiden, ob die Frage einfach nur ein bisschen witzig sein soll, weil der arme Kerl im Rollstuhl offensichtlich ein Spaßvogel ist.

»Von wegen!« Und schon kriegen sie die ganze Geschichte zu hören. Dass ihm irgendwelche Spinner den Hochsitz angesägt haben. Alle vier Pfosten. Und dann das ganze Ding umgerissen, weshalb er alles neu machen muss.

»Fridays for Future! Anstatt zur Schule zu gehen und zu lernen, behaupten sie, was für die Umwelt zu tun. Sind aber nur die üblichen Chaoten. Schulschwänzer und Chaoten.«

»Null Ahnung von nichts«, bestätigt Bennie ungerührt. »Ich meine, Jagd ist Naturschutz, so sieht es doch aus.«

»Genau«, beeilt sich Lukas hinzuzusetzen. »Außerdem muss man ja schön blöd sein, um freiwillig auf so einen Hirschbraten zu verzichten. Mit Rotkohl und Klößen!«

»Oder Wildschwein«, sagt Bennie. »Noch besser!«

Der Jäger scheint sich nicht mehr ganz sicher zu sein, was er von den beiden Jugendlichen halten soll. Vielleicht ist ihm auch eben erst der Gedanke gekommen, dass sie ziemlich genau in dem Alter sind wie die meisten der Fridays-for-Future-Bewegung. Dass er vielleicht gerade mit genau denen redet, die … Nein, kann ja gar nicht sein.

Der eine sitzt im Rolli! Und sein Kumpel sagt mit Blick auf den Range Rover: »Meine Mutter hat einen

Cayenne. Macht aber irgendwie nicht so viel her wie der Range hier.«

»Vor allem mit dem weißen Leder«, kommt es noch mal von Bennie. Dann wünschen sie einen schönen Nachmittag und ziehen ab. Keine zwei Minuten später kreischt hinter ihnen wieder die Motorsäge.

Bennie hält an und holt sein Smartphone aus der Tasche. Er ruft die Karte auf, auf der alle Hochsitze im Umkreis von drei Kilometern eingezeichnet sind. Achtzehn Hochsitze! Alles Hobbyjäger aus der Stadt, die es möglichst bequem haben wollen und am liebsten direkt vorfahren mit ihrem Luxus-SUV. Bloß keinen Meter zu Fuß, könnte ja die Stiefel dreckig machen. Mit anderen Worten: keine Lichtung ohne mindestens drei von den Dingern. Eigentlich ein Wunder, dass sie sich nicht gegenseitig abballern!

»Zeig mal, welche wir schon haben«, sagt Lukas.

Bennie tippt auf die Ansitze, die durchgekreuzt sind, sechs Stück bislang. Lukas orientiert sich kurz, dann zeigt er auf eine Markierung ziemlich weit am Rand der Karte.

»Hier, den dürfen wir nicht vergessen! Ist aber nur der schmale Pfad am Graben lang, schaffst du das?«

»Noch so eine Frage und ich mache alleine weiter!«

Bennie fasst nach dem Greifring und stößt sich vorwärts. Die Säge in dem Korb unter seinem Sitz klappert bei jeder Wurzel, über die er rollt.

Der Graben ist ausgetrocknet, der graue, zerfurchte Boden erinnert Lukas an die Bilder aus den Dürrezeiten in Afrika. Falsch, denkt er gleich darauf, das ist inzwischen der Dauerzustand in Äthiopien, Niger, Somalia. Auch im Sudan oder was auch immer es gerade da in Ostafrika sonst noch gibt. Er ist nicht gut, was die Ländernamen angeht, eigentlich ziemlich arrogant, das hat ihm Tassilo auch neulich erst vorgeworfen. Und dann mal eben alle europäischen Hauptstädte aufgezählt. Alle! Nur um ihm zu beweisen, dass es geht, man kann sich sonst was merken, man muss es nur wollen.

Bennie lenkt den Rollstuhl an einer platt getretenen Kröte vorbei, die von der Trockenheit so gut wie mumifiziert ist. Für einen kurzen Moment glauben sie, Stimmen zu hören, dann ist wieder Stille.

Wenig später dröhnt ein Düsenflugzeug über sie hinweg, so tief, dass sie jedes Detail erkennen können. Der Flughafen ist nicht weit entfernt, die Ferienflieger nach Malle und auf die Kanaren starten und landen im 10-Minuten-Takt.

Links zweigt jetzt der Pfad zum Hochsitz ab, Lukas geht voran und versucht, die Zweige der Schlehenbüsche für Bennie zur Seite zu drücken. Als ein Zweig zurückschnellt, reißen die spitzen Dornen Bennies Haut am Arm auf.

»Sorry«, sagt Lukas.

»Meine Mutter hat mal Schlehenlikör gemacht«, gibt Bennie undeutlich zur Antwort, während er das Blut von dem Kratzer saugt. »Schlehen mit Gin. Meine Alten waren so besoffen, dass sie auf dem Sofa geknutscht haben, obwohl ich danebensaß.«

»Hast du probiert?«

»Schmeckt nicht schlecht, ein bisschen wie … was weiß ich, Gin mit Schlehen eben.«

»Alles klar, dachte ich mir fast.«

Sie grinsen sich an. Dann stößt sich Bennie die letzten Meter bis zum Hochsitz. »Guck mal, hat er extra noch zwei schräge Pfosten als Stütze.«

Lukas blickt nach oben.

»Ist ja auch ein dickes Ding, mit Tür und Fenster und allem. Und alles verrammelt, keiner da. Perfekt!«

»Okay«, sagt Bennie und zieht die Säge aus dem Korb unter ihm. »Macht drei Pfosten für jeden von uns. Ich fang an!« Er dreht den Rollstuhl so, dass er die Säge problemlos ansetzen kann. »Und los geht's …«

Er hat das Sägeblatt gerade drei oder viermal vor- und zurückgezogen, als die Tür über ihnen auffliegt.

»Ey, Scheiße …«, rutscht es Lukas heraus, noch bevor er richtig mitbekommt, wer ihn von da oben anstarrt.

»Oh Mann, wir dachten schon, der Scheiß-Jäger kommt! Ein Glück, dass ihr es seid! Aber was … Ist das eine Säge? Wollt ihr den Hochsitz etwa … Mann, ist das cool! Aber lasst uns erst mal runter!«

Das Mädchen redet so schnell, dass weder Lukas noch Bennie zu Wort kommen, bevor sie schon auf der Leiter ist. Dicht hinter ihr kommt ihre Freundin. Lukas kennt die beiden, sie sind eine Klasse unter ihnen. Und die, die wie ein Wasserfall geredet hat, ist Sina. Hendriks Schwester.

»Was macht ihr hier?«, fragt Bennie irritiert. »Also da oben, meine ich?«

Die beiden Mädchen kichern.

»Haben wir schon öfter gemacht«, erklärt Sina. »Auch noch bei ein paar anderen Hochsitzen.«

Ihre Freundin sagt gar nichts, sie guckt auch Lukas und Bennie nicht an, irgendwas scheint ihr peinlich zu sein.

»Was denn?«, lässt Bennie nicht locker. »Was habt ihr schon öfter gemacht?«

»Mann, ist doch nicht so schwierig!« Sina verdreht die Augen, als wären Bennie und Lukas ein bisschen schwer von Begriff. »Wir pinkeln auf die Sitzbretter von den Dingern! Was meinst du, wie das müffelt, vor allem wenn es so warm ist wie gerade.«

»Ihr … ihr …«, stammelt Bennie, als Lukas auch schon in Lachen ausbricht. »Super! Seit wann macht ihr das?«

»Zwei, drei Wochen. Mit Tee geht es am besten, da musst du andauernd, das läuft einfach durch.«

Jetzt riskiert auch ihre Freundin ein Lächeln und hält eine Thermoskanne hoch. »Grüntee!«

»Aber ihr seid das, die die Dinger absägen und umreißen«, sagt Sina begeistert. »Wir haben schon überlegt, wer das macht! Wir dachten an die Leute von OFF. Wäre ich nie draufgekommen, dass ihr …«

»Ist auch besser, wenn es keiner weiter weiß«, unterbricht Bennie sie. »Auch dein Bruder nicht, okay?

»Geht klar«, nickt Sina. »Und ihr sagt auch nichts, oder?«

»Kein Wort«, versichert Lukas. »Aber es wird sowieso schwieriger! Letzte Woche haben wir schon den ersten Hochsitz mit einer versteckten Wildkamera gehabt. Wir müssen ein bisschen aufpassen, ihr auch!«

»Lasst uns sägen, Leute«, drängt Bennie. »Good bye, Pfosten!« Während er die Säge vor- und zurückzieht, singt er leise im Rhythmus: »All we are saying is give peace a chance …«

Zwei Stunden später kommen sie gerade wieder in die Straße, in der Lukas wohnt. Die Schwester von Hendrik und ihre Freundin haben mit Begeisterung geholfen, den Hochsitz umzureißen. Nur als Sina die ganze Aktion mit dem Handy filmen wollte, gab es kurz Streit.

»Machen wir nicht«, hat Bennie erklärt. »Steck das Handy weg.«

»He, ich will es ja nicht auf utube stellen oder so. Nur so für mich, als Erinnerung.«

»Trotzdem nicht. Ist ein unnötiges Risiko, je weniger Spuren irgendwo zu finden sind, umso besser.«

»Klingt voll nach Paranoia!«, hat Sina erwidert. »Wie seid ihr denn drauf? Bleibt mal ein bisschen cool, Leute, ihr seid ja nicht die Staatsfeinde, hinter denen die Bullen her sind. Nehmt euch mal nicht ganz so wichtig ...«

»Komm, Sina, lass es«, hat sich Lukas eingemischt. »Bennie hat recht, wir filmen unsere Aktionen nicht. Und das hat nichts mit Wichtigtuerei zu tun, das ist einfach ...«

»Professionell«, hat Bennie den Satz zu Ende gebracht. Natürlich nicht, ohne dass Sina die Augen verdreht hätte. Aber sie hat ihr Handy wieder weggesteckt. Und sich dann mit ihrer Freundin zusammen so stark ans Seil gehängt, dass der Hochsitz schon beim zweiten Ruck gekippt ist. Als wollten die beiden ihnen unbedingt beweisen, was sie draufhaben.

Aber falls sie Bennie und Lukas tatsächlich cool wegen der Aktion gefunden haben sollten, hat Bennie es dann leider gründlich versemmelt.

»Nicht schlecht für zwei Mädchen«, hat Bennie von

sich gegeben und den Daumen hochgehalten. »Voll die Kampflesben, was?«

»Was glaubst du eigentlich, wer du bist?«, war die prompte Reaktion von Sina. »Fick dich!«

Und das war's. Sina und ihre Freundin sind abgezogen. Und Bennie hat so was gesagt wie: ›Sind die blöd, oder was? Mann, das ist doch aber so, dass Mädchen weniger Kraft haben, da müssen sie sich doch nicht drüber aufregen!«

»Sagt einer, der im Rollstuhl sitzt«, hat Lukas erwidert.

»Was soll das denn jetzt?«

Lukas hat mit den Schultern gezuckt, aber nichts mehr gesagt. Der Satz war ihm so rausgerutscht. Es tat ihm auch schon wieder leid, aber manchmal war er von Bennie und seinen Sprüchen einfach nur genervt.

Auf dem Weg zurück durch den Wald haben sie dann über was anderes geredet. Bennie hat noch mal von dem Zeitungsartikel angefangen.

»Ich möchte schon wissen, wer die beiden Typen waren! Ich meine, auch wenn die Aktion irgendwie daneben war, müssen das Leute gewesen sein, die öfter so was machen. Die Art, wie sie es geschafft haben, da rauszukommen, sagt alles. Ich tippe auf OFF, was meinst du? Vielleicht nicht eine von den richtigen Aktionen, sondern nur so was wie ein Spaß, kleine

Solo-Nummer, auf jeden Fall nicht abgesprochen, sonst wäre das besser gelaufen. Oder es war eine Probe für irgendwas Großes!«

Lukas hat kurz überlegt, ob er Bennie alles erzählen soll. Hat sich dann aber dagegen entschieden! Er hatte keine Lust mehr, sich noch mal anzuhören, wie stümperhaft die Sache gelaufen ist.

Schon von Weitem können sie sehen, dass irgendjemand an dem Cayenne lehnt, der bei Lukas vorm Haus steht. Mamas Wagen, mit dem sie zum Biomarkt fährt. Oder zu Ikea, um Kerzen und Servietten zu kaufen.

Eigentlich hatten Lukas und Bennie vorgehabt, eben noch ein Bier zu trinken. In der Garage, wo Lukas' Vater seine Vorräte hat. Im eigens dafür angeschafften Kühlschrank natürlich. Quellfrisches Naturerlebnis und so. Heute ein König und morgen vielleicht schon hops. Fahrer verlor aus ungeklärter Ursache die Kontrolle über seinen Wagen und kam von der Straße ab, knallte gegen einen Baum, raste beim Überholen frontal in den Gegenverkehr. Such's dir aus, Papa. Irgendwas wird schon passen für deinen Nachruf. Von allen geliebter Ehemann, Vater und Gebieter über 430 PS.

»He!« Bennie hält Lukas am Arm fest. »Das ist Marie! Wieso das denn? Bist du mit ihr verabredet oder was? Okay, da will ich nicht stören, ich mach mal den Abflug! Sag ihr einen schönen Gruß.«

»Mann, jetzt sei nicht doof! Ich hab keine Ahnung, was Marie will, aber …«

Bennie hebt nur die Hand, ohne sich noch mal umzublicken. Irgendwie werden seine Schultern immer breiter, seit er im Rollstuhl sitzt, denkt Lukas. Und trotzdem wirkt er wie ein alter Mann.

»Wir müssen reden«, erklärt Marie anstelle irgendeiner Begrüßung, als Lukas vor ihr steht. »Ist Bennie wegen mir weg oder was?«, fragt sie dann.

»Weiß nicht. Ja, ich glaube schon. Wir wollten eigentlich noch was trinken, hast du Lust auf ein Bier? Während wir reden, meine ich.«

»Ja, warum nicht.«

Bescheuerte Antwort! »Garage. Komm mit!« Lukas hat keine Ahnung, warum er Marie nicht mit hoch in sein Zimmer nimmt. Vielleicht hat er einfach keine Lust, mit ihr auf seinem Bett zu sitzen und zu reden, statt was ganz anderes zu machen. Aber dafür ist sie garantiert nicht hergekommen. Hat sie ja gerade auch deutlich genug gesagt. Wir müssen reden. Haha!

Er mustert sie unauffällig, während sie auf der Einfahrt zur Garage laufen. Sie sieht gut aus, denkt er. Quatsch, geil, scharf, cool. Enge Slacks und Sneaker, schwarzes Hoodie mit »Refugees welcome«. Und die Haare zu einem Pferdeschwanz zusammengebunden, ein paar Strähnen haben sich gelöst und fallen ihr ins Gesicht. Lukas hat plötzlich Lust, sie zu küssen. Er weiß nicht, warum er im selben Moment wieder an die fremde Frau aus dem Supermarkt denken muss. Wenn Marie bloß nicht so … verdammt vorsichtig wäre! Manchmal hat er das Gefühl, dass sie vor allem zurückschreckt, was auch nur halbwegs illegal sein könnte. Sie wäre wahrscheinlich auch früher nicht mit uns zum Sprayen gekommen, denkt er. Klar, sie ist auf jeder Demo dabei, aber irgendwie kommt es ihm vor wie der alte Streit zwischen Greenpeace und Sea Shepherd. Natürlich ketten sich auch die Greenpeace-Leute irgendwo an und so. Aber die wirklich harten Aktionen bringt nur Sea Shepherd! Das sind so die Leute, die ihm richtig gut gefallen.

So ähnlich sagt er es dann auch, nachdem er zwei Flaschen aus dem Kühlschrank geholt hat. Und nachdem Marie noch mal wiederholt hat: »Wir müssen reden.« Aber dann nur auf die Flasche in ihrer Hand gestarrt hat.

»Okay. Worüber willst du reden?«

»Ich bin dir eine Erklärung schuldig, oder? Weil ich dich heute in der Schule so abgekanzelt habe. Bei dieser Sache im Supermarkt, als es darum ging, ob das überhaupt Sinn macht. Ob solche Aktionen was bringen.«

»Ja. Hast du deutlich gesagt, dass du es blöd fandst,

was der Typ da … Die beiden Typen, meine ich, die auf dem Foto waren …«

Für einen kurzen Moment hat er den Verdacht, dass Marie ahnt, wer »der Typ da« war. Aber das kann nicht sein, für Marie und alle anderen sind es zwei Typen gewesen, die das zusammen gemacht haben.

Marie trinkt einen langen Schluck, bevor sie sagt: »Einer alleine hat keine Chance bei solchen Aktionen.«

»Okay, aber worauf willst du jetzt raus? Seit Bennies Unfall haben sowieso alle Schiss, dass noch mal irgendein Scheiß passiert. Und mal ganz ehrlich: Du machst doch auch nichts weiter!«

Lukas will Marie gar nicht angreifen, aber irgendwie nervt sie ihn gerade. Er kapiert einfach nicht, was sie will.

»Ganz einfaches Beispiel, Marie: Wenn Ende nächster Woche diese Klimakonferenz hier ist, dann müssen wir ein bisschen mehr machen als nur eine Demo. Irgendwas, was die Leute echt aufrüttelt! Warte, ich habe schon weitergedacht, lass mich erst mal zu Ende reden! Es ist doch sicher, dass zu der Konferenz auch ein paar Gruppen kommen, die echt gute Aktionen machen. Ich meine solche Leute wie die von Extinction Rebellion. Oder OFF. Aber die sind natürlich nicht von hier, und da kommen wir ins Spiel, kapierst du? Wir könnten denen helfen, wir kennen jede Straße und jeden Waldweg hier, ich wüsste sogar eine Möglichkeit, wie wir an dieses Gästehaus rankommen, in dem sie die Minister und die anderen Teilnehmer unterbringen wollen. Es gibt eine Möglichkeit, um alle Polizeiabsperrungen zu umgehen!«

Auf Maries Stirn bildet sich eine steile Falte. Sie setzt ihre Flasche so hart auf den Betonboden, dass das Bier schäumend im Flaschenhals hochsteigt. »Und wozu? Was soll das alles?«

»Das war nur ein Beispiel, Mann! Wir könnten echt helfen, wenn wir da mitmachen, egal bei was.«

»Erstens, Lukas: Die Leute warten bestimmt nicht darauf, dass ausgerechnet zwei Schüler vom Gymnasium hier glauben, die richtigen für eine Aktion zu sein, bei der sich jeder blind auf den anderen verlassen muss. Zweitens, weder du noch ich haben irgendeine Ahnung, wie man überhaupt einen Kontakt zum Beispiel zu OFF kriegen könnte. Die sind so was wie eine Untergrund-Organisation, die findest du nicht im Telefonbuch. Und drittens habe ich sowieso schon entschieden, dass ich bei dieser Konferenz gar nichts mache! Es bringt nichts, da zur Demo zu gehen oder so, sagst du ja selber. Außerdem ist es mitten in den Ferien, vielleicht fahre ich weg.«

»Super!«, kann es Lukas nicht lassen zu erwidern. »So kommen wir natürlich echt weiter. – Du meinst das nicht ernst, oder? Du haust nicht einfach ab und machst gar nichts? Du …«

Als Marie nur mit den Schultern zuckt und aufsteht, starrt er sie mit offenem Mund an.

»Danke fürs Bier«, sagt Marie. »Und lass den Scheiß einfach.«

Er sieht, wie sie schluckt. »Das macht mehr kaputt, als dass es wirklich was bringt.«

»Was? Wovon redest du?«

»Hochsitze absägen. Oder … Ach, vergiss es! Ich hab keine Lust mehr auf den ganzen Quatsch. Das ist Babykram und sonst gar nichts.«

5.
No time to waste

Lukas macht sich Gedanken wegen Marie. Sie antwortet nicht auf seine Nachrichten. Die Freunde legen sich als Klimaleichen auf den Fußweg.

Diese letzten Sätze von Marie gehen Lukas nicht mehr aus dem Kopf. Eigentlich ist es ja genau das, was er auch denkt. Irgendwas muss passieren! Und je mehr Leute irgendwelche kleinen Aktionen machen, egal wie bescheuert, umso mehr Leute werden doch auch aufmerksam. Er kapiert nicht, warum Marie das nicht genauso sieht. Sondern auch noch irgendwas von »Das bringt es nicht« labert. Oder von kontraproduktiv. Bullshit!

Je mehr er darüber nachdenkt, umso sicherer ist er sich, dass Marie eigentlich nur Schiss hat. Oder nicht weiß, was sie machen soll, und deshalb so tut, als hätte sie den Durchblick und wüsste es besser. Wahrscheinlich stimmt beides. In Wirklichkeit hat sie Schiss. Und macht gar nichts, so sieht es doch aus. Und deshalb muss sie so tun, als ob Leute, die was unternehmen, keine Ahnung haben und es lieber bleiben lassen sollten. Leute wie er. Oder wie Bennie.

Was sollte überhaupt die Andeutung mit den Hochsitzen? Weiß sie irgendwas? Oder war das nur ein Schuss ins Blaue? Damit er sich verplappert oder so. Und sie wollte noch was sagen, er könnte wetten, dass es um die Grillfleisch-Nummer ging. Verdammt, was ist nur los mit Marie? Sie war doch früher nicht so! Sie hat sich echt verändert, denkt er. Und er merkt, dass er sauer auf sie ist. Wütend. Und enttäuscht. Aber gut, dann eben nicht.

»Vergiss es, Marie«, murmelt er halblaut vor sich hin. Und er meint natürlich: Vergiss Marie! Nur dass das so einfach nicht geht. Dazu ist zu viel zwischen ihnen gewesen, was er noch lange nicht vergessen hat. Was er auch nicht vergessen will!

Vielleicht ist er ja auch unfair Marie gegenüber. Vielleicht könnten sie ja sogar überlegen, ob sie in den Ferien zusammen wegfahren. Marie hat ja nichts weiter gesagt, dass sie einen konkreten Plan hat. Nur dass sie überlegt wegzufahren. Und hey, Scheiß auf die Klimakonferenz! Dann hauen sie eben ab, Marie und er. Sollen sich andere darum kümmern, die Welt zu retten.

Lukas weiß, dass er gerade nur wirres Zeug im Kopf

hat. Und das wird nicht besser, als er dann auch noch an die fremde Frau aus dem Supermarkt denkt. Was die wohl sagen würde, wenn er die Chance hätte, mit ihr zu reden. Auf jeden Fall ist sie ganz anders drauf als Marie! Und er glaubt inzwischen auch, dass sie nicht nur eine verdammt gute Parkourläuferin ist. Sondern bestimmt zu irgendwelchen Aktivisten gehört. Zu so einer Gruppe wie OFF. Das wär's, denkt er. Jemanden kennenlernen, der bei OFF ist. Nur wie? Er hat ja nicht die leiseste Ahnung, wie er es hinkriegen soll, sie noch mal zu treffen. Nur so, das hat nichts mit Marie zu tun. Er will nur mehr über OFF wissen. Und ob man da vielleicht mitmachen kann oder …

Und dann kommt er in die Schule. Letzter Schultag vor den Ferien. Alle sind gut drauf. Bennie hat zur Feier des Tages einen Anzug angezogen, was völlig bescheuert aussieht, vor allem mit dem dämlichen Hut dazu! Erst jetzt fällt Lukas wieder ein, dass sie ja etwas geplant haben. Für mittags, wenn alle mit ihren Zeugnissen nach Hause wollen. Marie will auch mitmachen. Tassilo, Aylin, Hendrik, er und Bennie und Marie. Nur dass Marie nicht da ist. Weder zur ersten Stunde noch später. An ihr Handy geht sie auch nicht. Lukas schreibt ihr zwei SMS. *Was ist los?* Und: *Bitte melde dich! Ich muss mit dir reden. Es ist wichtig.* Keine Antwort.

Die Aktion machen sie natürlich trotzdem. Schmieren sich auf dem Klo hastig weiße Schminke ins Gesicht und legen sich dann als »Klimaleichen« auf den Fußweg zur Straße. Sodass alle über sie hinwegsteigen müssen. Und Bennie jedem ein Flugblatt in die Hand drücken kann. Ort und Zeit zur großen Demo zur Klimakonferenz. »Kommt alle, Leute! Es ist wichtig, dass wir viele sind. Gerade weil sie glauben, den Termin in die Ferien zu legen, wäre besonders schlau. Aber sie irren sich, wir werden trotzdem da sein.«

Ein Lehrer fängt an, mit ihnen zu diskutieren. Dass sie sich noch auf dem Schulgelände befinden. Dass das nicht geht, den Weg zu blockieren. Was sie überhaupt wollen. Schließlich zeigt die Klimakonferenz ja, dass die Regierung etwas tun will.

»Zu wenig und zu spät«, antwortet eine Stimme, die Lukas ruckartig den Kopf heben lässt. Marie! Ebenfalls kalkweiß geschminkt, nur sorgfältiger als die anderen. Mit tiefen schwarzen Schatten unter den Augen, die ihren Kopf wie einen Totenschädel wirken lassen. Und mit einem T-Shirt, auf dem steht: 300.000 KLIMATOTE PRO JAHR.

Noch bevor der Lehrer reagieren kann, lässt sich Marie einfach fallen und liegt dann mit ausgebreiteten Armen direkt vor ihm. Die Augen weit aufgerissen. Und ohne sich zu rühren. Wie tot.

Sie bleiben noch liegen, bis nur noch ein paar Leute

da sind, die nicht nur zur Demo kommen, sondern als »Tote« mitmachen wollen. Vierzehn Leute. Nicht umwerfend viele.

»Wir kriegen noch mehr zusammen«, behauptet Bennie. Es klingt, als wollte er es beschwören.

Lukas geht zu Marie hinüber. »Was war los?«, fragt er leise. »Warum hast du nicht auf meine SMS geantwortet? Wir dachten schon, du kommst gar nicht mehr!«

»Aber ich war da, reicht das nicht?«

»Aber du hättest doch wenigstens antworten können …«

»Keine Lust, keine Zeit, such dir aus, was dir besser gefällt.«

Und damit lässt sie ihn einfach stehen.

Als die anderen vorschlagen, sich als Klimatote zusammen noch ins Eiscafé zu setzen, sagt Marie: »Echt, Leute, wen wollt ihr damit schockieren? Ihr seht einfach nur albern aus, mehr nicht. Und keiner wird kapieren, was ihr wollt. Wenn, dann müsstet ihr wenigstens als halb verhungerte Eisbären ankommen, damit den Leuten ihr Spaghettieis nicht mehr schmeckt …«

»Du kommst also nicht mit?«, fragt Hendrik.

»Ich geh nach Hause. Viel Spaß noch!«

Marie geht. Ohne ein einziges Wort zu Lukas. Und ohne einen Blick zurück.

»Mann, ist die schlecht drauf«, meint Bennie. »Was

soll das denn? Wenn sie das alles doof findet, hätte sie doch auch hier gar nicht erst noch auftauchen brauchen. Dabei hat sie sich sogar extra noch ein T-Shirt gemalt. Ich kapiere es nicht.« Er dreht sich zu Lukas. »Hattet ihr gestern Zoff oder was?«

»Die Idee mit den Eisbären ist gut«, sagt Tassilo im selben Moment. »Sollten wir ernsthaft überlegen, ob wir das machen.«

Lukas beugt sich zu Bennie. »Können wir das mit dem Eis lassen und zu dir nach Hause? Ich hab da was, wobei ich deine Hilfe brauche.«

6.
Warning! Pics may disturb you!

Lukas vertraut Bennie sein Geheimnis an. Bennies Qualitäten als Hacker werden gebraucht. Bennie entdeckt etwas, was die beiden Freunde auf eine Idee bringt.

»Hab ich mir schon gedacht, dass du das warst in dem Supermarkt«, erklärt Bennie.

»Quatsch, hast du nicht!«

Bennie hebt die Hände. »Okay, hab ich nicht. Wobei, so rein indizienmäßig deutete alles auf dich …« Er nimmt die Finger zu Hilfe, um aufzuzählen: »Nicht richtig durchdacht, das Ganze. Schlecht geplant. Äußerst mangelhaft in der Ausführung. Da kommst eigentlich nur du infrage, oder?«

»Haha!«

»Nein, vergiss es.« Bennie grinst. »Keine schlechte Aktion, Alter! Sagst du mir jetzt auch, mit wem du das da durchgezogen hast? Wer war der zweite Mann, wenn ich es nicht war?«

»Was glaubst du?«

Bennie stößt die Luft aus. »Keine Ahnung. Muss ja einer von uns gewesen sein … Hendrik? Nee, Hendrik ist größer als der Typ auf dem Foto. Tassilo passt auch nicht. Aylin könnte hinkommen, auch mit dem Sprung über die Tiefkühltruhe, Aylin läuft ja auch Parkour. – Aylin?«

Lukas zuckt nur mit der Schulter, ohne eine Antwort zu geben. Auf Aylin ist er noch nicht gekommen. Aber Aylin war es nicht, da ist er sich sicher. Aylin ist in Ordnung, aber so was hätte sie nicht drauf. Die Nummer, wie sie die Typen vom Supermarkt ausgetrickst hat, war verdammt cool. Und es war nicht das erste Mal, dass die Frau mit der Skimaske so was gemacht hat.

»Wie jetzt?«, regt sich Bennie auf und macht Lukas' Schulterzucken nach. »Was soll das heißen?«

»Aylin war es nicht.«

»Gut. Und … Na los, jetzt sag schon! Ich habe ein Anrecht darauf, alles zu erfahren. Ich bin die arme Sau im Rollstuhl, verstehst du, ich kann bei so was nicht dabei sein. Nie mehr! Und das ist Scheiße. Aber ich habe einen Freund, der noch beide Beine hat, und wenn der so was macht wie die Nummer in der Zeitung, dann bin ich ja wohl der Erste, der das wissen muss.« Bennie durchbohrt seinen Freund mit Blicken. »Und damit das mal klar ist, du … du … dämlicher Arsch mit Beinen, ich möchte das nicht erst aus der Zeitung erfahren. Und auch nicht erst zwei Tage später, sondern das nächste Mal redest du gefälligst *vorher* mit mir darüber, kapiert? Dann hätte ich dir auch gleich sagen können, wo die Fehler in deinem Plan sind. Und dann …«

»Ich weiß es nicht«, unterbricht ihn Lukas. »Ich weiß nicht, wer der zweite Typ war.«

»Du … du verarschst mich!« Bennie presst die Lippen zusammen und schüttelt den Kopf. »Das ist nicht mehr witzig, Lukas. Du weißt genau, dass du mir vertrauen kannst, also was soll das?«

»Ich verarsch dich nicht, ich weiß es wirklich nicht. Es war eine Frau, das konnte ich sehen …« Er deutet mit den Händen zwei Brüste an. »Aber mehr weiß ich nicht.«

Lukas berichtet dem Freund, woran er sich erinnert. Wie die Frau plötzlich da war, wie aus dem Nichts. Jedes Wort, das sie gesagt hat, jede Bewegung von ihr. Bis sie genauso plötzlich wieder verschwunden war. »Sie war gut«, setzt er noch hinzu, »verdammt gut. Und ich glaube nicht, dass sie so was zum ersten Mal gemacht hat. Dazu war sie zu … cool. Abgebrüht, kapierst du? Als hätte sie null Panik, als würde sie genau wissen, dass wir da rauskommen, ohne dass sie uns kriegen.«

Bennie starrt ihn immer noch mit offenem Mund an. »Wenn du es nicht wärst, würde ich dir kein Wort glauben! Und du hast nicht irgendwas eingeworfen oder so, schwörst du das?«

»Ich schwöre.«

»Schwarze Klamotten und Skimaske, ja? Hoodie?«

»Hoodie, enge Jeans, Sneakers.«

»Und war im Supermarkt«, überlegt Bennie laut. »Warum? Wohnt sie hier irgendwo? Dann ist es jemand, den wir kennen müssten. Und die dich kennt! Vielleicht ist sie dir gefolgt und hat dich beobachtet. Du sagst, du hast sie schon mal beim Parkourlaufen getroffen?«

»Ich bin mir sicher, ja.«

»Mysteriös, Alter! Vielleicht muss die Frage anders lauten: Wieso hatte sie eine Skimaske dabei? Was will jemand im Supermarkt mit einer Skimaske in der Tasche?«

»Vielleicht hatte sie selber irgendwas geplant«, schlägt Lukas vor. »Und es war nur Zufall, dass ich auch da war.«

»Okay«, sagt Bennie. »Ich fasse mal zusammen: Deine Heldin hat also entweder selber was vorgehabt, und du bist ihr zufällig in die Quere gekommen, oder … es ist ganz anders. Die Frau ist niemand, den wir kennen. Ist aber trotzdem von hier, du hast sie ja schon mal getroffen.«

»So weit war ich auch schon«, nickt Lukas. »Und ich glaube …«

»Ja?«

»Vielleicht ist es jemand von irgendeiner Gruppe von Umweltaktivisten. Würde doch passen, ich meine, immerhin findet die Klimakonferenz hier statt! Logisch, dass die Typen irgendwas planen.«

»Würde passen«, stimmt ihm Bennie zu. Er blickt Lukas fragend an. »Aber du wolltest irgendwas von mir. Du hast gesagt, du brauchst meine Hilfe.«

Lukas nickt.

»Okay«, meint Bennie. »Schon klar. Du willst, dass ich für dich rauskriege, wer die Frau gewesen sein könnte. Aber ich fürchte, da komme ich auch nicht weiter. Schwarmwissen oder was: Wer kennt eine Frau mit Skimaske, die über Tiefkühltruhen springt und mit gefrorenen Pommes um sich wirft? – Antwort: Muss wohl Wonderwoman sein, wenn ihr gerade mal ein bisschen langweilig ist und sie sonst nichts zu tun hat.«

»Nein, ich meine es ernst, Bennie: Lass uns mal überlegen, was für eine Gruppe das sein könnte! Ich tippe auf OFF.«

»Warum gerade die?«

»Weil die die besten Aktionen machen, finden wir doch beide! Und weil wir uns ziemlich sicher sind, dass sie irgendwo hier aus der Gegend sein müssen. – Hast du noch die Liste, die wir mal gemacht haben?«

»Klar.« Bennie dreht den Rollstuhl zum Schreibtisch und fährt seinen Computer hoch.

Die Liste der Aktionen, die Bennie unter *gute Ideen* gespeichert hat, ist lang, ihre erklärten Highlights sind die gefälschten Tempolimitschilder an der Schnellstraße, das Verstopfen der Bewässerungsanlage auf einem Golfplatz, die grellgrünen Seifenwassertümpel vor den Filialen einer Drogeriekette, die sich mit dreistem »Greenwashing« hervorgetan hatte. Und immer gab es dazu so was wie ein Bekennerschreiben, mit Kreidefarbe auf jede Wand im Umkreis der Aktion gesprüht, immer mit der gleichen Ansage:

ALLES HÄNGT ZUSAMMEN. MIT JEDEM SCHRITT, DEN DU MACHST, WIRD DIE WELT EIN BISSCHEN ANDERS. WENIGER FLEISCH, WENIGER ZEUG, WENIGER AUTO. WENIGER LÜGE. OFF.

In letzter Zeit allerdings haben sich die Aktionen verändert, jetzt sucht sich die Gruppe gezielt Politiker, Banker, Wirtschaftsbosse, die sie verantwortlich dafür macht, dass nichts oder zu wenig passiert. Der »Leichenberg« vor der privaten Haustür des Vorstandsvorsitzenden eines Automobilkonzerns ging landesweit durch die Presse, ebenso wie die Serie an »blutigen« Fußspuren zwischen irgendwelchen Wirtschaftsunternehmen und den Privathäusern von Ministern, Parteivorsitzenden, Ratsmitgliedern.

Oder die Schilder und Plakate, die über Nacht plötzlich vor dem Rathaus, dem Ministerium, der Firmenzentrale auftauchen und die auf den ersten Blick so »offiziell« aussehen, dass es manchmal Stunden dauert, bis irgendjemand merkt, was da eigentlich zu lesen ist. Sätze wie ZUR ERINNERUNG AN DEN FIRMENINHABER XY, DER SICH AUSGERECHNET HAT, DASS ER 2050 NICHT MEHR LEBEN WIRD UND IHM DIE KLIMAKATASTROPHE DESHALB VÖLLIG EGAL SEIN KANN.

Viele der Aktionen sind so schnell im Netz viral gegangen, dass sie bereits Tausende von Klicks hatten, bevor sie entfernt werden konnten. Und nie ist es gelungen, irgendjemanden zur Verantwortung zu ziehen, OFF ist wie ein Spuk. Ein Spuk, der die »Angeklagten« zusehend nervt, weil er ihre Machenschaften bloßstellt. Und Polizei und Behörden suchen nach einem Phantom, ohne auch nur den Ansatz einer Spur zu finden, wer sich hinter OFF verbirgt – das begeistert Lukas und Bennie fast noch mehr als die ausgeklügelten Aktionen.

»Ich bin da neulich über was gestolpert«, sagt Bennie, während seine Finger über die Tastatur zu fliegen scheinen. »Pass auf, ich zeig's dir! OFF heißt ausschalten, abschalten, aus, wissen wir, macht ja auch Sinn, Kohlekraftwerke ausschalten und so, System lahmlegen, alles mal voll runterfahren. Die Idee vom Profitwachstum war gestern, ist abgeblasen, ›capitalism off‹.«

»Kommst du noch mal zum Punkt?«

»Warte, das Ganze geht nämlich auch andersrum, off blocks zum Beispiel, ist Fliegersprache, wusstest du das? Wusstest du nicht, wetten! Verlassen der Parkposition, Lösen der Bremsklötze, kapierst du? Endlich was machen, nicht länger warten, passt auch, oder?«

»Abgesehen davon, dass sie sich ja nur OFF nennen, ohne blocks dahinter.«

»Stimmt, habe ich mir auch gedacht. Und hab mal weiter rumgespielt. Gegenwort von off ist …«

»On.«

»Bingo. Eingeschaltet. Voll dabei! Online. Kurz on. Zwei Buchstaben o und n …«

»Mann, Bennie, du nervst! Was denn nun?«

»O und n«, wiederholt Bennie ungerührt. »Könnte auch die Abkürzung für ›ohne Namen‹ sein. So, und jetzt kommt's – voila!«

Ein letzter Tastendruck und auf dem Bildschirm flimmert eine Homepage auf. OHNE NAMEN. Und ein Foto von einem Gesicht mit einer Skimaske.

Lukas verdreht die Augen.

»Haha, Bennie! Super, echt! Und du findest nicht, dass das ein bisschen sehr weit hergeholt ist? Mann, das ist fünfmal um die Ecke gedacht, irgendein Spinner, der sich für besonders originell hält. O. k., eine Skimaske, aber …«

»Lies mal weiter. Die Zeile da drunter …«

»Organisation … for future?« Lukas starrt seinen Freund an.

»Oder auch OFF«, grinst Bennie. »Wir haben sie, Alter! Jede Wette, dass das unsere Leute sind. Ich hab's heute Nacht rausgekriegt. Sollte meine Überraschung für dich sein, aber du hast mich ein bisschen gelinkt mit deiner Supermarktgeschichte, you fucked me, sollte ich dir eigentlich übel nehmen. Aber egal, ich zeig dir noch was! Ich hab die Adresse nämlich gehackt, war einfach. Und ganz interessant, was da so an persönlichen Nachrichten auftaucht, guck mal hier …«

Noch bevor Lukas über Bennies Schulter blicken kann, stößt Bennie hervor: »Ach du Scheiße, was ist das denn? Das war heute Nacht noch nicht da. Mann, Lukas, guck mal, gleich die erste Nachricht von … lies mal! Das ist ein Treffpunkt, Ort und Zeit für eine Aktion, garantiert!«

»Film«, liest Lukas laut. »13. August, Großenstein.«

»Großenstein«, wiederholt Bennie. »Und du weißt auch, was da in Großenstein ist!«

Lukas nickt nur. »Wenn die da filmen, wollen sie das garantiert zum Beginn der Konferenz ins Netz …«

»Scheiße!«, ruft Bennie im selben Moment wieder. »Gelöscht!« Er zeigt auf den Monitor. Die Nachricht, die Lukas eben noch vorgelesen hat, ist verschwunden. Die Seite ist nur noch schwarz.

»Da hat jemand gemerkt, dass wir mitlesen«, meint Bennie. »Aber das hätten sie sich eher überlegen müssen.«

7.
End the cage age!

Lukas und Bennie fahren zum Schweinemastbetrieb. Die Aktion, die da läuft, ist viel größer, als sie dachten. Alle tragen Schweinemasken.

Lukas ist nicht zum ersten Mal empört, wie schwierig es ist, mit einem Rollstuhl unterwegs zu sein. Vor allem wenn du auf so was angewiesen bist wie die S-Bahn. Aber als er darüber etwas sagt, winkt Bennie nur ab.

»Hör auf, ich brauch dein Mitleid nicht. Aber ich sag dir was! Wenn ich achtzehn bin, mache ich den Führerschein, und dann gibt's eine Sonderanfertigung, hab mich schon schlaugemacht, VW oder Audi wahrscheinlich, bisschen blöd fürs Klima, aber was soll's. Man gönnt sich ja sonst nichts. Und ist mit Zuschuss vom Sozialamt, direkt vom Rollstuhl auf den Fahrersitz. Außerdem immer einen Parkplatz, wenn du weißt, was ich meine! Schade eigentlich, dass ich nicht auf Fußball stehe, sonst hätt ich da auch ein paar echte Vorteile, ich sage nur ›priority seating‹, Alter!«

Bennie grinst. Aber Lukas weiß, dass das nur eine Fassade ist, die sein Freund mühsam aufrechterhält.

Je mehr Bennie über die Vorteile seiner Behinderung redet, umso schlechter geht es ihm. Überhaupt ist Lukas überrascht, dass Bennie so schnell eingewilligt hat, die S-Bahn zu nehmen. Nicht irgendeine S-Bahn, sondern die S 18. *Die* S-Bahn!

Soweit Lukas weiß, ist es das erste Mal seit dem Unfall! Der einzige Kommentar, den sein Freund dazu gegeben hat, war noch auf dem Bahnsteig: »Lass uns heute mal nicht auf dem Dach mitfahren, ich will nicht riskieren, dass es mir auch noch die Arme weglötet.« Schön laut, damit es auch ja alle hören. Woraufhin der Kontrolleur dann noch nicht mal ihre Fahrkarten sehen wollte. Als wäre Bennie aussätzig oder so was, und Lukas genauso.

»Keine Ahnung, wieso, aber es funktioniert immer!«, erklärt Bennie. Sie klatschen sich ab. Natürlich fahren sie beide schwarz. Schon aus Prinzip!

»Nee, nee, nee«, singt Lukas leise den Refrain eines Uralt-Songs von Ton Steine Scherben vor sich hin. »Eher brennt die BVG, wir sind hier oben noch ganz dicht, der Spaß ist zu teuer, von uns kriegste nichts ...«

Öffentlicher Nahverkehr zum Nulltarif, darum geht es. Und Autos raus aus der Innenstadt. Andere Städte haben es ja längst vorgemacht, es funktioniert. Blumenbeete statt betonierten Parkplätzen. Öffentliche Gärten, in denen jeder etwas pflanzen und ernten kann.

Sie brauchen ungefähr zwanzig Minuten, bis sie da sind.

»Ferkelwiese« ist der größte Schweinemast-Betrieb in der Umgebung, 34.000 Schweine, pro Schwein gerade mal ein drei viertel Quadratmeter. Täglich werden über 5000 Schweine geschlachtet, die nicht einmal in ihrem Leben die Sonne, geschweige denn eine »Ferkelwiese« gesehen haben. Und sich nicht im Schlamm, sondern in ihrer eigenen Scheiße gewälzt haben. Falls sie überhaupt genug Platz zum Wälzen hatten.

Es hat schon zig Demos vor diesem Betrieb gegeben, vor allem als bekannt wurde, zu welchen Bedingungen die Leiharbeiter da angestellt sind. Meistens Leute aus Rumänien oder Bulgarien, die sich ein Zimmer mit fünf anderen teilen und dafür 500 Euro Miete zahlen. Jeder von ihnen! Einmal haben Lukas und Bennie zwei Arbeiter getroffen, die im Wald gezeltet haben, um nach zwölf Monaten ein bisschen mehr von den 30 Euro mit nach Hause nehmen zu können, die sie für 18 Stunden Arbeit am Tag bekamen.

Mehr als zwanzig oder dreißig Leute waren nie auf den Demos, aber dafür jedes Mal mindestens hundert Polizisten. Und immer ein Wasserwerfer, klar. Waren ja »linke« Demos.

Diesmal sind noch weniger Leute da. Und auch weniger Polizei. Gerade fahren zwei voll besetzte Mannschaftswagen wieder ab, als hätten sie tatsächlich begriffen, dass sie ganz bestimmt nicht gebraucht werden. Verhältnismäßigkeit der Mittel und so. Verschwendung von Steuergeldern.

Die paar Demonstranten am Tor halten ein Plakat hoch: JEDES STEAK KOSTET EIN STÜCK GRÖNLANDEIS! Die bekannten Fakten, die keinen weiter interessieren. Jedenfalls niemanden im Ministerium, wo sie irgendwelche völlig ungenügenden Bestimmungen zum »Tierwohl« beschließen, die dann sowieso wieder gekippt werden, weil die Lobby der Fleisch verarbeitenden Betriebe viel zu stark ist.

Plötzlich hören sie Musik hinter sich. Laute Musik! Und dann taucht auch schon ein Reisebus auf, voll besetzt mit Demonstranten! Erst als die Leute aussteigen, sehen Lukas und Bennie, dass nicht nur ein paar von ihnen die gleichen rosafarbenen Schweinsmasken tragen, sondern alle!

»Hä?«, macht Lukas noch, als ein Mädchen mit Schweinsmaske ihnen wie zufällig zwei von den Dingern in die Hände drückt.

»Setzt die bitte auf, ja? Ist wichtig!«

Und schon ist sie wieder im Gedränge verschwunden.

»Cool«, meint Bennie. »Gut organisiert. Aber ist klar, wir wissen ja, wer dahintersteckt. Ich kapiere nur noch nicht …«

Weiter kommt er nicht, weil im selben Moment irgendein Tumult am Tor ist. Die Schicht ist zu Ende, und die Wachleute haben das Tor geöffnet, um die Arbeiter rauszulassen. Und sofort drängen die Demonstranten auf das Gelände. Das Ganze passiert so schnell, dass weder die Wachleute noch die Polizei rechtzeitig reagieren können.

»Los, wir auch!«, ruft Bennie und stößt den Rollstuhl vorwärts. Lukas bleibt dicht neben ihm, direkt hinter ihnen setzen sich jetzt auch die Bullen in Bewegung, aber sie können die Demonstranten nicht mehr stoppen, die schon kreuz und quer über das Gelände rennen.

»Achtung! Achtung! Hier spricht die Polizei! Kommen Sie unverzüglich zurück. Sie befinden sich auf Privatgelände! Verlassen Sie das Grundstück!«

Interessiert natürlich keinen. Ein paar Polizisten mit Helmen und Schutzschilden versuchen, den Weg zu den Stallanlangen zu blockieren, werden aber immer wieder von Demonstranten abgelenkt, die plötzlich in die andere Richtung rennen. Und dabei Feuerwerkskörper anzünden! Die Knallerei und das Geschrei hallen laut von den Wänden der Gebäude zurück, das

Chaos ist perfekt. An der Straße fahren jetzt wieder die Mannschaftswagen vor, die sich gerade erst verabschiedet hatten, in Kampfformation stürmen die Bullen mit erhobenen Schlagstöcken durch das Tor. Lukas kann Bennie gerade noch aus dem Weg ziehen, bevor sie überrannt werden.

»Da!«, ruft Bennie. »Am Seiteneingang, siehst du?«

Lukas sieht noch einen flüchtigen Schatten durch die Tür an der Seite verschwinden, die Bullen sind zu sehr abgelenkt und kriegen nichts mit.

»Es waren drei Leute!«, informiert ihn Bennie. »Glaubst du dasselbe wie ich?«

Lukas nickt.

»Dann mal los.« Bennie rollt noch ein Stück weiter zur Seite, bevor er sein Smartphone zückt. »Hier sind sie schon, Livestream, auf allen Kanälen gleichzeitig ...«

Lukas braucht einen Moment, bis er die grell ausgeleuchteten Bilder zuordnen kann. Das sind die Gitter der Ställe, und die Schweine, die ihre Rüssel durch die Stäbe drücken wollen. Tausende von Schweinen, so eng aneinandergequetscht, dass sie aussehen wie ein einziger wogender Fleischberg. Jetzt zeigt die Kamera Tiere mit offenen Wunden, tote Tiere, die auf dem Boden liegen, während die anderen Schweine auf ihren Körpern stehen.

Dann schwenkt die Kamera auf die ersten Polizisten,

die durch den Gang gestürmt kommen. Das Bild wackelt, wischt über die Wände, die Decke mit den Neonröhren, dann ist für den Bruchteil einer Sekunde noch einmal ein Polizist mit wutverzerrtem Gesicht im Bild, gleich darauf wird alles schwarz.

»Scheiße«, sagt Bennie. »Das ist nicht gut.«

8.
Worst case scenario

Lukas und Bennie sind mitten im Tumult. Die Polizei greift mit aller Härte durch. Es kommt zu einem fürchterlichen Unglück.

Plötzlich sind noch mehr Polizisten da. Auch ein Hubschrauber kreist über dem Gelände. Das Gebrüll der Schweine in der Mastanlage mischt sich mit dem Knattern der Rotorblätter und dem unentwegten Geheul der Sirenen. Blaue Lichtblitze zerfetzen die beginnende Dämmerung und werfen für Sekundenbruchteile bizarre Schatten auf Boden und Wände. Ein Typ mit einer Spraydose macht sich an einer Mauer zu schaffen, drei Polizisten überwältigen ihn und schleppen ihn davon, OPEN THE CA steht jetzt in Blutrot auf der weiß getünchten Wand, weiter ist er nicht gekommen.

Von zwei Seiten treibt die Polizei jetzt die Demonstranten zurück zum Tor, jeder Versuch, ihnen zu entwischen, ist aussichtslos. Einige Leute setzen sich untergehakt auf den Boden und werden weggetragen, kaum jemand leistet Widerstand, allen ist klar, dass sie gegen diese Übermacht nicht ankommen. Die brutalsten Schläge teilen die privaten Wachleute aus, die Polizei lässt sie gewähren.

Lukas stößt und schiebt den Rollstuhl wie einen Rammbock vor sich her, Bennie fuchtelt wild mit den Armen und brüllt irgendwas, was nicht zu verstehen ist. Mehrmals können sie nur im letzten Moment noch ausweichen, um einen Zusammenstoß zu vermeiden, einmal kippt der Rollstuhl dabei fast um. Lukas schwitzt unter seiner Schweinemaske. Er keucht. Als er Bennie außerhalb des Zauns möglichst weit vom nächsten Polizeiwagen entfernt zum Stehen bringt, fühlen sich seine Beine an wie aus Gummi.

Bennie hält immer noch sein Smartphone in der Hand, für ein paar Sekunden meldet sich plötzlich die Stimme der Aktivistin zurück, die Bilder dazu sind so verwackelt, dass nichts zu erkennen ist: »Zwei unserer Leute sind immer noch im Stall, einer versucht, übers Dach zu entkommen …« Dann bricht die Verbindung wieder zusammen.

Gleich darauf geht ein Aufschrei durch den Pulk der Leute, die noch am Zaun stehen, umzingelt von Polizisten, die ihre Personalien aufnehmen: »Da! Da ist einer! Oben auf dem Dach!«

Der Hubschrauber ist keine fünf Meter über dem

Dach, obwohl es noch helles Tageslicht ist, hat er seinen Suchscheinwerfer auf die Gestalt mit dem Hoodie gerichtet, die jetzt dicht an der Kante stoppt, den beiden Polizisten, die hinter ihm sind, mit einer schnellen Bewegung ausweicht, wie ein Hase, denkt Lukas noch, während sich ein anderer Polizist vom Hubschrauber abseilt.

»Scheiße«, stammelt Bennie, »Scheiße, Mann …«

Auf dem Dach gibt es ein Gerangel, noch einmal kommt die Gestalt mit dem Hoodie frei und setzt in einem waghalsigen Sprung über die Gasse auf das Dach des nächsten Gebäudes hinüber, rollt sich ab und hastet weiter. Von unten kommen neue Polizisten mit Leitern angerückt, der Hubschrauber folgt dem Flüchtigen auf dem Dach mit einem waghalsigen Manöver, fast sieht es so aus, als wollte er ihn mit den Kufen rammen und vom Dach stoßen …

Was dann weiter passiert ist, erfahren sie erst später, als sie längst wieder zu Hause sind. Bei Bennie, weil der ein bisschen Unterstützung braucht, um seiner Mutter zu erklären, dass da wahrscheinlich demnächst eine Anzeige ins Haus geflattert kommt: »Wegen Hausfriedensbruch oder so. Und Vermummungsverbot, irgendwie so was.«

»Sie haben die Personalien von allen aufgenommen,

auch von Leuten, die wirklich nichts weiter gemacht haben«, versucht Lukas, die ganze Geschichte ein wenig zu beschönigen.

Bennies Mutter sagt gar nichts. Aber der Blick, den sie Lukas zuwirft, ist so anklagend, dass er schnell weg-guckt. Als sie Bennies Zimmer verlässt, wischt sie sich heimlich über die Augen.

»Das ist schlimmer als alles andere«, sagt Bennie, nachdem seine Mutter die Tür hinter sich geschlossen hat. »Jetzt heult sie wieder. Wenn es nach ihr ginge, dürfte ich überhaupt nichts mehr machen! Aber Scheiße, Mann, davon wachsen meine Beine auch nicht wieder nach, ich habe keine Ahnung, warum sie das nicht ka-piert.«

Schon auf der Rückfahrt haben sie darüber geredet, was sie erlebt haben. Es war ja nicht ihre erste Demo, es war auch nicht das erste Mal, dass sie in eine brenz-lige Situation mit der Polizei geraten sind. Sie erinnern sich beide noch daran, wie sie auf einer Demo den Zug verlassen wollten, weil ihnen die Stimmung zu aufge-heizt schien. Und sie kein gutes Gefühl mehr hatten, überall Polizisten mit Kameras, als wären die Demons-tranten die Kriminellen und nicht die Konzerne, um deren Machenschaften es ging. Außerdem musste Ben-nie dringend pinkeln. Aber die Polizei hatte gekesselt, die Polizisten ließen sie nicht durch. Mitgefangen, mitgehangen. Vielleicht war das auch genau das Erlebnis, das dazu geführt hat, die Sache in einem anderen Licht zu sehen. Von wegen »dein Freund und Helfer«, nichts da. Von da an haben sie auch beide diese Buttons auf ihren Jacken: STILL NOT LOVING POLICE. Und FCK CPS. Was jetzt allerdings die Sache bei der Demo am Mastbetrieb nicht einfacher gemacht hat.

»Quatsch, sie wären auch ohne diese Sprüche angepisst gewesen«, hat Bennies Urteil dazu gelautet. »Mann, sie sind verarscht worden, falsche Einschätzung der Lage, deshalb haben sie dann einfach nur noch brutal reagiert.«

Fakt jedenfalls ist, dass Bennie und Lukas beide Angst hatten. Eine ganz konkrete Angst, verprügelt zu werden. Es ist ein Unterschied, ob du im Wald einen Hochsitz ansägst oder mal eben hundertfünfzig verdammt schlecht gelaunten Polizisten gegenüberstehst. Klar, beim Hochsitz kannst du erwischt werden, aber da rückt keine Hundertschaft an. Da gibt es dann eine Anzeige wegen Sachbeschädigung. Und genauso, wenn die Grillfleischnummer schiefgegangen wäre, Streifenwagen, Anzeige, Gerichtsverfahren. Okay, da im Supermarkt hat Lukas auch Angst gehabt, als er dachte, dass sie ihn jeden Moment kriegen. Aber das war eine andere Angst. Er kann es nicht richtig beschreiben, es war … anders.

Mit ein paar Leuten haben sie auf der Rückfahrt noch geredet, die haben was Ähnliches gesagt. Waren allerdings alle ein bisschen älter, jedenfalls die, die mit dem Reisebus gekommen waren. Alles Leute, die nicht von ihrer Schule waren, sondern aus der Stadt kamen. Auch ein paar, die zur Antifa gehören, glaubt Lukas zumindest.

»Wir haben schon gewusst, dass wir da nur für Ablenkung sorgen sollen«, hat ihnen einer erzählt. »Damit die ihre Aktion durchziehen können.«

»Und wer sind die?«, wollte Bennie wissen.

»Keine Ahnung. Extinction Rebellion vielleicht. Oder die Leute von OFF, kann auch sein. Sie haben uns nur den Bus zum Treffpunkt geschickt und die Masken verteilt. Mehr wissen wir nicht. Scheiße, dass es nicht gut gelaufen ist, aber wenigstens sind schon ein paar Bilder im Netz geteilt, die kriegen sie so schnell nicht gelöscht. Die Typen werden allerdings richtig Ärger kriegen.«

Mehr haben sie nicht rausbekommen. Ob er wirklich nicht mehr wusste, ist unklar.

»Kann sein, kann auch nicht sein«, hat Bennie hinterher gemeint. »Aber gut organisiert! Bis auf den Schluss dann. Mann, wie im Krieg, aber echt! Ich kapiere es nicht, statt solche Betriebe dichtzumachen, geht es einfach immer weiter. Es kümmert keinen! Völlig skrupellos, als wäre alles in Ordnung. Als wären wir die, die Dreck am Stecken haben.«

Und dann kommen die ersten Nachrichten über den Vorfall im Mastbetrieb über den Liveticker. Erst geht es noch darum, dass es verboten ist, Fotos oder Filmmaterial aus den Ställen zu veröffentlichen. Es gibt tatsächlich ein Gesetz, dass das unter Strafe stellt. Und außerdem natürlich unerlaubtes Eindringen auf ein Privatgelände, Widerstand gegen die Polizei und so weiter. Zwei Leute, die im Stall waren, sind verhaftet worden. Alles Filmmaterial wurde beschlagnahmt.

»Und der Dritte?«, fragt Bennie. »Der Typ, den sie übers Dach gejagt haben?«

Im gleichen Moment poppen die letzten Sätze der Nachricht auf:

> Im Zuge der Auseinandersetzungen zwischen der Polizei und den Chaoten aus der linken Szene ist einer der vorgeblichen Tierschützer bei dem Versuch, sich der Verhaftung zu entziehen, in einen offenen Gülletank gestürzt. Obwohl er umgehend geborgen werden konnte, ist er noch an der Unglücksstelle verstorben.

END THE CAGE-AGE 2.0

Lukas' Eltern vorm Fernseher. Flachbildschirm, 75 Zoll, japanisches Modell. Lukas' Mutter trägt eine Art Jogginganzug mit dem Aufdruck einer amerikanischen Universität, die es wahrscheinlich gar nicht gibt. Lukas' Vater hat noch seine Fahrrad-Tights an, von der abendlichen Gewalttour gegen den immer deutlicher werdenden Bauch, viel Gelb und Schwarz und vorne und hinten eine überdimensionale »6«, wofür auch immer die Nummer stehen soll.

Auf dem Tisch liegt ein geöffneter Pizzakarton, zwei Dreiecke »al tonno« mit schwarzen Oliven und Zwiebeln sind noch übrig, daneben stehen eine Flasche Rotwein und ein halb volles Glas mit deutlichen Lippenstifträndern.

Gerade laufen in der Nachrichtensendung wieder die Bilder von der Demo. Der Film ist so geschnitten, dass vor allem die Demonstranten mit ihren Schweinsmasken zu sehen sind, kaum Polizei.

Ein Pulk von Maskierten, die durch das Tor aufs Gelände stürmen, eine Reihe von Demonstranten, die sich untergehakt haben und Tierschutz-Slogans skandieren: »Animals are not ours!«, »Meat is murder!«, »Schlachthöfe zu Tofufabriken!«. Ein Demonstrant, der einen Polizisten zur Seite stößt, offensichtlich wütende Demonstranten, die versuchen, die Tür des Maststalls aufzubrechen.

Dann ein kurzes Interview mit einer Frau, unter deren Maske man lange Dreadlocks erkennt. Der Journalist ist nicht im Bild, man sieht nur das Mikrofon mit dem Aufdruck des Senders: »Glauben Sie wirklich, dass es das Klima rettet, wenn wir alle Vegetarier werden? Ist das nicht ausgesprochen naiv? Und läuft das, was Sie wollen, nicht auf eine unzumutbare Einschränkung der persönlichen Freiheit des einzelnen Bürgers hinaus?«

Antwort: »Oh Mann, haben Sie sich eigentlich schon mal selber reden hören? Wahrscheinlich ist ja jedes Schwein da drin in der Lage, schlauere Fragen zu stellen!« Gefolgt von Grunzgeräuschen, die unter der Maske erstaunlich echt klingen.

Dann ein Kommentar aus dem Off, beginnend mit dem Satz: »So viel zur Diskussionsbereitschaft der Demonstranten, die sich für sachliche Argumente nicht zugänglich zeigen.« Und weiter, dass sich die drei Personen, »die dem linksradikalen Spektrum zuzuordnen sind«, unerlaubt Zutritt zu den Mastställen verschafft haben, um mit illegal erstelltem Bildmaterial ein Horrorszenario heraufzubeschwören, »das dem alle gesetzmäßigen Auflagen zur Tierhaltung strikt befolgenden Betrieb ›Ferkelwiese‹ in keiner Weise gerecht wird. Die beteiligten Tierschutzaktivisten erwartet ein Strafverfahren.«

Großaufnahme eines Demonstranten, der den ausgestreckten Mittelfinger in die Kamera hält. Keine Bilder aus dem Stall. Stattdessen eine verwackelte Aufnahme des über das Flachdach fliehenden Demonstranten, ein Schwenk zu dem Polizeihubschrauber am Himmel, nochmals empörte Demonstranten mit dem Plakat JEDES STEAK KOSTET EIN STÜCK GRÖNLANDEIS.

Der Bericht endet mit den Bildern von zwei Sanitätern, die jemanden auf einer Trage zum Rettungswagen bringen: »Ein tragischer Unglücksfall überschattet die gefährliche Aktion, einer der Demonstranten hat seine Überzeugung mit dem Leben bezahlen müssen. Bleibt nur zu hoffen, dass sich so etwas nicht wiederholt und der Vorfall allen gewaltbereiten Demonstranten als Mahnung und Warnung zugleich dient. Für die kommenden Tage sind in der Landeshauptstadt in Zusammenhang mit der Klimakonferenz weitere Demonstrationen angekündigt, sowohl Greenpeace wie auch verschiedene Gruppierungen wie Fridays for Future oder Exstinction Rebellion werden ihre Kritik an den Klimaschutzmaßnahmen der Regierung zu Gehör bringen …«

Lukas' Mutter: Furchtbar! Dass dafür jemand sterben muss … Ich weiß nicht, ich finde es einfach nur schrecklich.

Lukas' Vater (zu Lukas, der während der letzten Sätze ins Zimmer gekommen ist): Warst du dabei?

Lukas: Ja. Kann sein, dass da noch was kommt wegen … Also unerlaubtes Betreten von Privatgelände oder so, sie haben meinen Namen und meine Adresse.

Lukas' Vater: Mein Herr Sohn, der Ökoterrorist. Ich gratuliere!

Lukas: Papa, hör auf damit, was soll das?

Lukas' Mutter: Kanntest du den … den, der da gestorben ist, meine ich?

9.
Paradise lost

Am nächsten Vormittag. Lukas beim Parkourlaufen. Bennie schickt eine Nachricht.

Er ist nicht bei der Sache. Er sollte lieber aufhören. Es ist jetzt schon das zweite Mal, dass er fast zu kurz gesprungen wäre. Er schafft es nur gerade so eben, die Fehleinschätzung noch auszugleichen, mit reiner Kraft, ohne jede Eleganz. Als er sich nach dem Drop von der Mauer über die Schulter abrollen lässt, um die Fallenergie in eine Vorwärtsbewegung umzulenken, spürt er schmerzhaft jeden Muskel. Nicht mein Tag heute, denkt er, ich bin so scheißnervös, ich kann mich nicht konzentrieren, ich weiß überhaupt nicht, was los ist mit mir.

Das richtige Timing ist alles, nur darum geht es. Immer nur an den nächsten Schritt denken, den nächsten Absprung, die nächste Landung, den nächsten Griff. Jede Entscheidung passiert innerhalb von einem Bruchteil einer Sekunde. Im selben Moment, in dem das Gehirn den Befehl an die Muskeln gesandt hat, ist es auch schon zu spät für irgendwelche Zweifel, Korrekturen sind kaum noch möglich, jedes Zögern führt unweigerlich dazu, dass das Zusammenspiel von Kopf und Körper nicht länger funktioniert. Und jede Fehleinschätzung kann das Ende bedeuten.

Er weiß genau, wie groß das Risiko ist. Wenn er so weiterläuft, zerrt er sich unter Garantie einen Muskel oder eine Sehne. Und das wäre noch harmlos! Aber trotzdem einfach nur dumm. Die Strecke, die er sich für heute vorgenommen hat, ist zu schwierig. Jedenfalls für einen, der bei jedem Sprung irgendwelche wirren Bilder vor Augen hat. Die nichts mit der Mauer, dem Eisengitter, dem Treppengeländer vor sich zu tun haben. Bilder von jemandem, der über ein Flachdach rennt, mit den Bullen direkt hinter sich. Der einen Haken schlägt wie ein Hase, aber es sind zu viele Verfolger, jetzt kommt einer von rechts, den er nicht gesehen hat, der Typ ist gut, der scheint jede Finte, die er versucht, schon im Voraus zu ahnen …

Scheiße, er darf jetzt nicht aufgeben, das käme einer Niederlage gleich, und der Typ auf dem Dach hat auch nicht aufgegeben, der hat genau gewusst, was passiert, wenn sie ihn kriegen.

Weiter! Der Hochsprung über den Stromkasten bringt ihm den nötigen Schwung, um wieder in seinen

Rhythmus zu finden. Mit ausgestreckten Armen geht er das Eisengitter an, seine Hände greifen um die oberen Enden, die jetzt gefährlich spitz über die letzte Querstrebe hinausragen. Seine Sneaker laufen wie von selbst die Gitterstäbe hinauf, jetzt bloß nicht daran denken, was die Eisenspitzen mit seinen Eiern anrichten könnten, das wär's dann nämlich, dann wären sie schon zu zweit, ein echtes Dreamteam, der Typ ohne Beine und sein Kumpel, der sich die Eier an einem blöden Gitterzaun aufgespießt hat!

Ein kurzer Ruck aus der Schulter heraus, ein sauberer Planche, mit dem er sich auf die andere Seite stemmt, noch einmal die Angst um seine Eier, dann der Absprung in einer halben Drehung. Und schon hat er wieder festen Boden unter den Füßen und jagt weiter.

Er braucht jetzt Tempo für den Wallclimb, den er vor sich hat. Das ist seine einzige Chance, was immer dahinter sein mag, wird er sehen, wenn er oben ist. Wichtig ist jetzt, dass er den Typen loswird, der so dicht hinter ihm ist, dass er seinen keuchenden Atem hört. Ein Scheinwerfer erfasst ihn, von schräg oben, sodass er für einen Moment geblendet ist, aber er hat die Entfernung im Kopf, wie auf einer Speicherkarte, und nimmt Anlauf für den Sprung, mit dem er entweder die Kante zu fassen bekommt oder wie ein nasser Lappen gegen die Betonwand klatscht.

Aus den Augenwinkeln erkennt er die mit einer Kette abgesperrte Treppe, die links von ihm nach oben führt. Aber Treppen sind höchstens dazu da, um in vollem Lauf mit seitwärtsgestellten Füßen über das Geländer nach unten zu rutschen – und er will hoch und nicht runter!

Zwei Meter noch, dann der Sprung, bei dem er sich mit den Füßen abstößt und die Vorwärtsbewegung in eine Senkrechte verwandelt, seine Finger klammern sich um die Blechkante, die scharf in seine Haut einschneidet, keuchend zieht er sich hoch und rollt sich über die Kante, und Scheiße, das ist nur eine Mauer, kein höhergelegenes Dach, wie er angenommen hatte, ein knapper Meter, höchstens, dahinter geht es steil nach unten, eine Eisenleiter, an die er sich jetzt klammert, während sich das Knallen der Rotorblätter mit dem Heulen der Polizeisirenen mischt.

Ein kurzer Blick zurück zeigt ihm, dass sein Verfolger sich gerade ebenfalls über die Kante zieht, noch hat er nur die linke Hand und einen Ellbogen oben, sein Gesicht ist vor Anstrengung zu einer bleichen Maske verzerrt, jetzt wäre die letzte Möglichkeit, um zuzutreten. Auf die Hand, gegen den Arm, voll rein in die Bullenfresse, aber das tut man nicht, das passiert nur im Film, er ist kein brutaler Killer, noch nicht mal ein Schläger, er hat nur die Tiere da unten gefilmt und musste fliehen, als die Bullen kamen. Die Aktion ist schiefgegangen. Und jetzt gibt es nur noch ihn und seinen Verfolger, Mann gegen Mann, fast sieht er sich schon mit Handschellen an das Geländer der Leiter gekettet, der andere wuchtet sich hoch, kommt auf die Knie, ruft irgendwas, was noch nicht mal aggressiv klingt, eher wie eine Warnung, scheiß drauf, genau darum geht es, der Kick, wenn etwas Unvorhergesehenes passiert und für den Bruchteil einer Sekunde alles auf dem Spiel steht. Aber da unten in der Tiefe ist Wasser, er sieht die Oberfläche im Scheinwerferlicht glänzen, die Rotorblätter werfen schaumige Wellen auf, der beißende Geruch, der aus dem Becken aufsteigt, lässt ihn unwillkürlich den Atem anhalten. Dann springt er.

Er kommt unsauber auf, seine Sneaker knallen hart in den groben Kies, plötzlich scheint jede Kraft aus seinen Muskeln aufgebraucht, er hat Seitenstechen, ihm ist schwindlig. Er muss sich an dem Laternenpfahl abstützen, um nicht das Gleichgewicht zu verlieren.

Bleib ganz ruhig, ermahnt er sich, niemand ist hinter dir her, du bist nicht der Typ auf dem Dach, du bist nicht in die Jauchegrube gesprungen, du läufst vor niemandem davon außer vor dir selbst.

Seine rechte Hand blutet. Während er sich langsam wieder in Bewegung setzt, schiebt er sich die aufgeschnittenen Finger in den Mund und saugt an der Wunde. Sein Handy klingelt. Als er Bennies Nachricht aufruft, schmiert er Spucke und Blut über das Display.

Guck mal, hat Bennie geschrieben, *glaubst du das oder verarschen die uns?* Mehr nicht, nur das PDF einer Onlinemeldung der Tageszeitung. Lukas kapiert Bennies Satz erst, nachdem er den Artikel gelesen hat …

**Reaktion auf tödlichen Unglücksfall.
Polizist quittiert den Dienst.**

Wie heute Morgen bekannt wurde, hat Polizeiobermeister Marko S. (42) seine Kündigung eingereicht. Auf Anfrage der Zeitung begründete er diesen Schritt mit dem tödlichen Unglücksfall bei der Demonstration im Schweinemastbetrieb »Ferkelwiese«.

Marco S.: »Ich bin mitschuldig am Tod des jungen Demonstranten. Wir sind alle mitschuldig! Es kann nicht sein, dass wir junge Menschen kriminalisieren, die sich für eine lebenswerte Zukunft einsetzen und bestimmte Missstände anprangern. Es wäre unsere Aufgabe, diese Demonstranten zu schützen und es ihnen möglich zu machen, dass sie diejenigen beim Namen nennen, die die Zukunft von uns allen gefährden. Nicht die Demonstranten sind die Kriminellen, sondern skrupellose Unternehmen, die nur an ihren Profit denken. Ebenso wie die Politiker, die einfach wegsehen, statt endlich zu handeln.«

Marco S. erklärt weiterhin, dass er mit seiner Kündigung die Konsequenzen gezogen habe, auch um die Öffentlichkeit zum Umdenken zu bewegen. Eine Sprecherin der Polizei stellte umgehend fest, dass Marco S. in keiner Weise für die Polizei sprechen würde, auch die Polizeigewerkschaft kritisierte die Haltung des Polizeiobermeisters.

Marco S. hatte bei der Demonstration gegen den Betrieb »Ferkelwiese« einen flüchtigen Täter verfolgt, der sich zuvor illegal Zutritt zu den Ställen verschafft hatte. Bei der Flucht über die Dächer der Stallanlangen kam es zum tragischen Tod des jungen Mannes, als er in ein offenes Jauchebecken stürzte. Marco S. hatte noch versucht, den Verunglückten zu retten, und sich dabei selbst in Lebensgefahr gebracht. Wie die Sprecherin der Polizei mitteilte, werde man sich selbstverständlich darum bemühen, Marco S. psychologische Hilfe zu vermitteln. Auch unter den Kollegen werden seine Äußerungen einhellig als unhaltbar bezeichnet.

»Er vergisst ganz, dass die Demonstranten ja

verschiedene Rechtsbrüche begangen haben«, so der Einsatzleiter, zu dessen Gruppe Marco S. gehörte ...

Und bla, bla, bla, das Übliche, was sie alles Böses gemacht haben: illegal, illegal, illegal. Aber trotzdem, umso mehr ist dieser Marco S. doch …

Lukas überfliegt die letzten Sätze nochmals, dann simst er zurück: *Was ist los, Bennie? Der Typ ist doch super! Der sagt endlich, was los ist.*

Die Antwort kommt umgehend: *Quatsch. Du kapierst es nicht. Da ist irgendwas faul, das ist ein abgekartetes Spiel. Warte. Ich rufe dich an.*

Es dauert keine zwei Sekunden, bis Lukas Bennies Stimme hört. »Du kapierst es nicht«, wiederholt Bennie. »Wenn der Typ wirklich so drauf ist, können sie ihn bei der Polizei nicht mehr gebrauchen, das ist klar. Aber sie können das gut nutzen, um noch mal für alle klarzustellen, dass der Typ einen an der Waffel hat! Und dass die Demonstranten sich illegal Zutritt verschafft haben und so weiter.«

»Aber deshalb ist doch der Typ trotzdem okay, also ich meine, wenn mehr Bullen so denken würden wie er …«

»Vergiss es«, unterbricht ihn Bennie. »Tun sie ja nicht! – Was ist? Wieso sagst du nichts mehr?«

Lukas hört Bennies Stimme nur noch wie aus weiter Ferne. Er starrt auf das Hochhaus ihm gegenüber. Von einem der offenen Etagengänge beobachtet ihn jemand. Jemand, der ein schwarzes Hoodie trägt. Nein, nicht der, die! Das Gesicht liegt im Schatten der Kapuze, aber Lukas weiß auch so, wer da oben steht!

10.
Paradise regained

Lukas glaubt, die Frau aus dem Supermarkt zu erkennen. Seine ungeklärte Beziehung zu Marie findet eine überraschende Fortsetzung.

Er rennt los, ohne eine Sekunde nachzudenken. Erst als er vor der Haustür steht, fällt ihm wieder ein, dass er nicht so ohne Weiteres reinkommt. Aber er hat mal als Pizzabote gearbeitet, er erinnert sich an das System mit der Ziffernfolge. Nachname, Stockwerk, Wohnungsnummer. Er kennt nur niemanden in dem dämlichen Hochhaus. Und schon gar keine Wohnungsnummer!

Er will gerade auf gut Glück irgendeinen Namen drücken und »Paketpost« in die Gegensprechanlage brüllen, als er eine Bewegung links von sich sieht. Da ist sie wieder! Sie ist jetzt vor den Wohnungen im Hochparterre, er hat keine Ahnung, wie sie da so schnell hingekommen ist. Sie steht einfach nur so da, als wollte sie abwarten, was er als Nächstes macht.

Ihr Gesicht kann er immer noch nicht erkennen, aber hey, da ist eine Scheißmauer, nicht besonders hoch, dahinter der offene Kellergang, dann die Waschbetonplatten der Fassade, schön mit Spalten dazwischen, fast handbreit, oben auf der Kante ist ein runder Handlauf, wie dazu gemacht, um sich hochzuziehen.

Der Sprung ist eine Herausforderung, das ist klar, aber das ganze Leben ist eine Herausforderung! Und dieser verdammte Sprung nach oben, über den Kellergang und an das Geländer ist nur eine willkommene Abwechslung auf einem Weg, der sonst einfach aus nichts als tödlicher Langeweile bestehen würde. Also los! Soll sie ruhig sehen, dass er was draufhat, vielleicht kann er damit ein paar Punkte wieder wettmachen, die er bei der Aktion im Supermarkt verspielt hat …

Er schafft es. Auch wenn er mit den Sneakern fast noch wegrutscht und sich nur mit der Kraft seiner Arme über den Handlauf ziehen kann. Er rollt sich über die Kante und kommt mit einer sauberen Hocke auf dem rissigen Betonboden auf.

»Nicht schlecht«, hört er gleichzeitig ihre Stimme. Die ihm diesmal irgendwie bekannt vorkommt, anders als im Supermarkt. »Aber verdammt viel Risiko für nichts, oder?«

Wieso, will er antworten. Ich wollte dich kennenlernen, also musste ich hier hoch, und es musste auf dem kürzesten Weg sein, damit du mir nicht wieder abhaust. Ich bin Lukas, und du?

So was in der Art. Aber im selben Moment, in dem er hochblickt, streift sie sich die Kapuze zurück.

»D…d…du?«, stammelt er.

»Ja, natürlich ich. Was findest du so komisch daran? Ich habe wieder angefangen zu laufen, das ist alles. Und das Treppenhaus hier ist super für die Kondition, zwölf Stockwerke, 240 Stufen von der Tiefgarage bis nach oben. Und meine Oma wohnt hier, da kann ich gleich gucken, wie es ihr geht.«

Was redet sie bloß, denkt Lukas. Das passt nicht zu Marie, außerdem war sie nicht im Treppenhaus, sondern auf dem Gang im zweiten Stock, und von der Oma hat er noch nie was gehört …

»Im zweiten Stock oder was?«

»Was?«

»Deine Oma! Wohnt die im zweiten Stock?«

»Mann, Lukas, nerv nicht rum.«

»Und neulich?«, fragt Lukas weiter. »Ich meine, warst du das neulich auch?«

»Was? Wo neulich? Wovon redest du?«

»In dem Scheiß…« Er kann sich gerade noch bremsen. Irgendwas stimmt hier nicht. Aber er hat keine Ahnung, was.

Marie zieht die Augenbrauen zusammen und lächelt

spöttisch. »Geht's noch? Ist alles in Ordnung mit dir? – Ich hätte diesen Sprung übrigens nicht gewagt«, setzt sie dann noch mit einem Blick auf den offenen Kellergang unter ihnen hinzu.

»Sagtest du schon.« Lukas hört selber, wie verärgert er klingt. Nein, nicht verärgert, enttäuscht. Er ist enttäuscht, dass es nur Marie ist, die er getroffen hat. Und dass er jetzt immer noch nicht weiß, wer die fremde Frau aus dem Supermarkt war.

»Sorry«, stammelt er. »Ich bin nicht so gut drauf im Moment, das ist alles«, versucht er seine Reaktion abzuschwächen. »Ich war bei der Demo bei der Ferkelwiese dabei, wo der Scheiß passiert ist, du weißt schon.«

Marie nickt nur, ohne weiter auf seine indirekten Fragen einzugehen. Er weiß nicht, ob sie auch da war, alle hatten ja diese Masken auf. Zu Anfang sicher nicht, da hätte er sie trotzdem erkannt. Und dann ging alles so schnell, der Bus mit den Leuten war gerade erst angekommen, als auch schon das Chaos ausbrach.

»Hast du das in der Zeitung gelesen?«, fragt Lukas. Und redet gleich weiter, weil er an Maries Gesicht sehen kann, dass sie weiß, wovon er spricht. »Bennie glaubt nicht, dass der Bulle wirklich gekündigt hat und so. Er denkt, das könnte nur ein Trick sein, um den Leuten zu zeigen, dass es auch gute Bullen gibt, die nicht einfach nur draufhauen, sondern ein Gewissen haben und so weiter.«

»Super Idee! Vielleicht sollte Bennie sich da mal für die Öffentlichkeitsarbeit bewerben.« Maries Stimme trieft vor Sarkasmus. »Mann, wie bescheuert ist das denn!«, regt sie sich dann auf. »Der eine Bulle, der den Unfall mit seinem Gewissen nicht vereinbaren kann, als … als Held oder was? Ist nur leider dumm gelaufen, weil der Typ aus Versehen zu viel gelabert hat, was gegen den Rest der Polizei geht, gegen die Politiker, gegen die Fleischindustrie … Habe ich noch was vergessen? Gegen den Staat, gegen das System!«

»Du meinst …«

»Dass Bennie aufhören soll, Quatsch zu reden. Es wird schon so sein, da ist ein Bulle, der ein Problem damit hat, was passiert ist. Und vielleicht blickt er tatsächlich ein bisschen durch und hat irgendwas kapiert. Aber das ändert nichts daran, dass der Rest von ihnen dich morgen trotzdem ohne jedes Problem niederknüppeln wird, wenn der Befehl kommt, den Platz, die Straße, das Haus zu räumen.«

So hat Lukas Marie noch nie reden hören, es klingt fast, als hätte sie tief in sich eine Wut, von der er bislang nichts geahnt hat. Das ist viel mehr als die Sätze, die sie sonst sagt. Die Sätze, die alle sagen. Dass etwas passieren muss, dass sie etwas tun müssen. Rettet das Klima, sonst sind wir am Arsch. Deshalb kommt zur Demo, Leute, verteilt unsere Flugblätter, zeigt, dass wir viele sind – und dass wir nicht mehr länger still sind. Wir wollen, dass unsere Forderungen jetzt erfüllt werden, weil es sonst nämlich zu spät ist.

Marie ist auch häufig eine der Ersten gewesen, die sich auf die Straße gesetzt haben. Aber immer alles legal, Demo angemeldet, und keine Provokationen weiter. Schon gar nicht gegenüber der Polizei. Lukas ist sich noch nicht mal sicher, ob Marie jemals zuvor »Bullen« gesagt hat. Wahrscheinlich schon, weil sie es alle sagen, aber eben gerade lag so viel Aggressivität in ihrer Stimme, dass er irritiert ist.

Jetzt erst bemerkt er, dass Marie Tränen in den Augen hat und heftig schluckt. Im selben Moment kommt ihm ein Verdacht, der ihm plötzlich völlig logisch erscheint. Klar, anders kann es gar nicht sein!

»Du kanntest den … den Typen, der verunglückt ist?«

Sie starrt ihn nur an, als hätte sie seine Frage gar nicht gehört. Ihr Blick ist vollkommen leer.

»Marie? Bist du noch da? Was ist los, hey, rede mit mir!«

Sie schüttelt unwillig den Kopf und beißt die Lippen aufeinander. Dann nickt sie. »Jens«, sagt sie so leise, dass Lukas sie kaum versteht. »Er war okay. Mehr als okay! Es ist scheiße, wenn es ausgerechnet die Leute erwischt, die …« Ihre Stimme bricht ab. Als sie einen Schritt auf Lukas zumacht, streckt er den Arm aus und zieht sie an sich.

Sie presst ihr Gesicht an seinen Hals und klammert sich an ihn. Ihre Schultern zucken. Lukas kann ihre Tränen auf seiner Haut spüren.

»Und … woher?«, flüstert er. »Ich meine, wer war dieser Jens? Gehört er zu irgendeiner … Gruppe? Zu diesen OFF-Leuten vielleicht? Kennst du noch andere von denen? Du hast nie was davon gesagt …«

Hör auf, versucht er, sich selbst zu bremsen. Was ist los mit dir, bis du bescheuert? Das ist nicht wichtig gerade, Marie ist völlig fertig, das siehst du doch, hör auf, ihr irgendwelche Fragen zu stellen. Du klingst, als wärst du eifersüchtig, als hättest du ein Recht darauf, dass sie dir alles erzählt, als dürfte sie keine Geheimnisse haben … Verdammte Scheiße, du *bist* eifersüchtig, das ist es! Du glaubst, dass sie was hatte mit diesem Jens. Dass sie deshalb mit dir Schluss gemacht hat und kaum noch irgendwo aufgetaucht ist, wenn sich alle anderen verabredet haben, sondern gleich nach der Schule schon wieder verschwunden war. Und überhaupt, so wie es aussieht, gehörte der Typ vielleicht wirklich zu OFF, und Marie kennt noch mehr von denen!

Irgendwie fühlt er sich gerade mächtig verarscht. Er

hat keine Ahnung, was er jetzt tun soll. Aber er kann auch nicht sauer sein, nicht wirklich jedenfalls. Nicht wenn sie sich an ihn presst und ihm das Sweatshirt nass heult.

Hilflos streicht er Marie über die Haare.

»Es muss furchtbar sein, in einem Jauchetank zu ertrinken«, schluchzt sie. »Und ganz ehrlich? Je mehr ich darüber nachdenke, umso mehr finde ich, dass es genug Leute gibt, denen ich das … Ach, Scheiße, Lukas, vergiss es. Ich rede Blödsinn.«

Marie dreht ihm ihr Gesicht zu. Bevor er reagieren kann, presst sie ihm plötzlich ihre Lippen auf den Mund und küsst ihn. Er kann ihre Zunge spüren, und ihre Hände, die unter sein Sweatshirt wandern.

»He«, stammelt er, als sie sich von ihm löst. »Was …«

Marie legt ihm einen Finger auf die Lippen.

»Sag nichts. Komm mit, ich zeig dir was!«

Sie greift nach seiner Hand und zieht ihn mit sich.

»Wo willst du hin?«

»Wir nehmen den Fahrstuhl, jetzt komm schon …«

Kaum dass sich die Tür hinter ihnen geschlossen hat, küsst sie ihn wieder. Und streicht mit der Hand über die Beule in seiner Jeans. Wie ein Versprechen auf etwas, was er sich schon viel zu lange vergeblich gewünscht hat. Für einen kurzen Moment weiß Lukas noch nicht mal, ob sie hoch- oder runterfahren.

Als der Fahrstuhl mit einem Ruck zum Stehen kommt, blinkt eine rote 12 über der Tür.

»Das ist die Dachterrasse«, flüstert Lukas.

»Mit Swimmingpool und Sauna«, erwidert Marie leise, als könnte sie irgendjemand hören. »Jetzt um die Zeit ist da niemand, jedenfalls nicht in der Sauna. Ich habe vorhin auf die Liste gesehen, wo man sich eintragen muss. Bis heute Abend ist alles leer.«

»Aber …«

»Ich weiß, wie man reinkommt. Ich sag doch, dass meine Oma hier wohnt, schon vergessen?«

»Deine Oma …?«

»Zweiundachtzig Jahre und geht noch jeden Tag in die Sauna. Also abends. Statt Fernsehen. Erst Fitnessraum, dann Sauna.«

»Aha.«

»Aha«, macht Marie ihn nach. »Möchtest du noch länger über meine Oma reden oder …?«

»Oder«, erklärt Lukas grinsend und folgt Marie zu einer Eisentür, die garantiert nicht der allgemeine Zugang zur Sauna ist. BETRIEBSRAUM steht auf dem gelb-schwarzen Schild. ZUTRITT VERBOTEN.

11.
About how to save our planet

Lukas und Marie auf dem Dach vom Hochhaus. Marie lehnt den Vorschlag ab, den Lukas macht. Sie hat eine andere Idee.

»Ich bin nicht verliebt.« Marie zieht sich eine Haarsträhne zwischen ihre Lippen und kaut darauf herum.

»Ich auch nicht«, erwidert Lukas, viel zu schnell, um glaubwürdig zu sein.

»Dann ist es ja gut, dass wir darüber geredet haben.«

»Klar.« Er zuckt mit den Schultern. Als er sich dabei ertappt, ebenfalls mit seinen Haaren zu spielen, kommt er sich so doof vor, dass er lachen muss.

Marie wirft ihm einen irritierten Blick zu. »Hör auf zu lachen! Ich hab dir noch was zu sagen …«

Jetzt kommt's, denkt er. Jede Wette, dass sie jetzt von diesem Jens anfängt. Oder sie hat noch mit einem anderen was.

»Ich will nicht, dass du irgendwas machst, was dich in Gefahr bringt.« Marie fixiert seinen Blick, als wollte sie ihn zwingen, ihr genau zuzuhören. »Keine unnötigen Aktionen mehr, verstehst du?«

»Was meinst du? Ich weiß nicht, was …«

»Hör auf, Lukas! Der ganze Scheiß, den du mit Bennie so machst, reicht schon, du musst nicht noch weiter beweisen, dass du mehr tust, als nur auf Demos zu gehen und manchmal den Müll von anderen im Wald einzusammeln.«

Was weiß sie, denkt Lukas, redet sie wieder von unserem kleinen Spaß mit den Hochsitzen? Oder ahnt sie vielleicht wirklich was wegen dem Supermarkt?

»Ich hab ein bisschen Angst um dich«, redet Marie weiter, ohne ihn länger anzublicken. »Es ist zu gefährlich! Wie bei deinem Sprung über den Kellergang, es macht keinen Sinn, irgendwas zu riskieren, was … du nicht mehr rückgängig machen kannst. Überlass das Leuten, die es besser einschätzen können. Und die vor allem nicht alleine arbeiten! Bestimmte Aktionen gehen nur, wenn sie genau geplant sind, und das kriegen nur Leute hin, die als Gruppe … Du weißt schon, was ich meine.«

»Klar, weiß ich. So wie mit diesem Jens, hat man ja gesehen, wie super das lief.« Im selben Moment, in dem ihm der Satz rausgerutscht ist, tut es ihm auch schon wieder leid. Aber er kapiert einfach nicht, worauf Marie hinauswill. Und eigentlich findet er auch, dass sie sich gerade ein bisschen zu wichtig macht. Dann soll sie doch selber erst mal mit etwas ankommen, was wirklich gut ist, und nicht so tun, als wüsste sie alles besser. Aber sein Satz eben war natürlich trotzdem blöd, schon klar.

»He! Es tut mir leid, okay? War blöd von mir. Habe ich auch nicht so gemeint.« Als er nach ihrem Arm greift, dreht sie sich abrupt von ihm weg. »Mann, Marie, du hast ja recht! Ich meine doch nur, wenn du sagst, bestimmte Aktionen laufen nur als Gruppe, dann lass uns das mal machen, zusammen mit … Tassilo und Hendrik und Aylin, die sind garantiert dabei! Und Bennie sowieso, der wartet nur darauf, dass er sich irgendwo reinhacken kann, um Infos zu besorgen, er ist echt gut inzwischen!«

»Nicht gut genug«, sagt Marie leise. »Oder vielleicht doch, ich weiß es nicht. Aber du verstehst noch nicht, was ich meine! Wir sind keine … Scheiße, Lukas, wir hängen auf dem Gymnasium rum und diskutieren und wissen, dass was geschehen muss und dass wir mitmachen müssen, aber *mit*machen, darum geht es. Wir kriegen von uns aus nichts anderes hin, deshalb rede ich von Leuten, die das besser können. Die nichts anderes machen, die *alles* dafür einsetzen, dass sich was ändert, ihre ganze Zeit, ihre Fähigkeiten, ihre Kraft, alles! Und die auch alles dafür aufs Spiel setzen.«

»Wie die Typen von OFF?«

»Zum Beispiel, ja.«

»Gut. Dann lass uns da mitmachen.«

»Was?«

»Wieso? Ist doch genau das, was du sagst. Und du kennst auch welche von denen, richtig?«

Marie legt ihm die Hand auf den Arm und drückt so fest zu, dass es wehtut. »Sei mir jetzt nicht böse, ja? Aber die können Leute wie uns nicht gebrauchen! Die müssen sich absolut darauf verlassen können, dass du … nie irgendwas machst, womit du die ganze Gruppe gefährdest. Irgendwelche Solonummern oder so was, bei denen du geschnappt werden kannst. Und warte!« Marie hebt die Hand, als sie sieht, dass er etwas erwidern will. »Jens gehörte nicht zu OFF. Ich weiß nicht genau, mit welchen Leuten er etwas zu tun hatte, eher Peta oder … Ich weiß es wirklich nicht. Und ich kenne auch niemanden von OFF. Für die sind wir … okay, aber mehr auch nicht, das reicht nicht, um da mitzumachen.«

Lukas glaubt Marie nicht, sie lügt, denkt er. Sie weiß viel mehr, als sie gerade behauptet. Es klingt ja fast, als wollte sie nur vermeiden, dass ich … zu neugierig bin. Aber sie hat gerade erst mit mir gepoppt, das ist doch irre. Sie poppt mit mir, sie heult sich an meiner Schulter aus, aber sie vertraut mir nicht.

Für einen Moment sagt keiner von ihnen etwas. Sie

sind immer noch oben auf dem Dach vom Hochhaus, draußen in der Sonne, mit dem Rücken an die warme Betonwand hinter ihnen gelehnt. Es ist, als wäre die ganze Welt vor ihnen ausgebreitet, die Siedlungshäuser im Vordergrund, links die Wiesen und der Wald, rechts die Autobahn, dahinter die Stadt mit ihren Straßenschluchten und der milchigen Dunstglocke über den Dächern. Die Hügelkette in der Ferne verschwimmt im flimmernden Licht. Wie eine Fata Morgana, denkt Lukas. Wie etwas, was nur in der Einbildung existiert. Das gelobte Land, in dem alles gut ist, die Luft sauber, das Wasser klar, die Bienen glücklich …

»Woran denkst du gerade?«, fragt ihn Marie.

Lukas zögert einen Moment mit seiner Antwort. »An dich und mich«, sagt er dann. Was gar nicht so falsch ist. Talking paradise. »Und dass es schön war mit dir in der Sauna. Sollten wir öfter machen. Ich komm auch vorher mit zu deiner Oma, wenn du willst. Oder hinterher. Und ich springe nicht mehr über den Kellereingang, versprochen. Beim nächsten Mal klettere ich einfach direkt an der Fassade hoch, hier, siehst du?« Er hält ihr seine Fingerspitzen hin. »Hab nämlich Saugnäpfe hier! Hast du noch gar nicht gewusst, oder?«

Er weiß nicht, warum er plötzlich so viel labert. Aber Marie kichert! Vielleicht wollte er auch nur genau das. Und alles andere vergessen. Sie greift nach seiner

Hand und küsst seine Fingerspitzen. Eine nach der anderen.

»Ist noch ein zweiter Saunagang drin?«, fragt Lukas dicht an ihrem Ohr. »Ich habe gehört, dass das sehr gesund sein soll! So rein medizinisch gesehen …«

»Rein medizinisch gesehen wäre es vielleicht besser, wenn wir hier langsam mal verschwinden«, kichert Marie. »Bevor noch jemand kommt, der meiner Oma erzählt, dass ich irgendwas falsch verstanden haben muss, was man in einer Sauna eigentlich macht. – Aber sag noch mal was wegen Bennie«, setzt sie dann so unvermittelt hinzu, dass Lukas eine Sekunde braucht, um ihre Frage zu kapieren. »Ist er wirklich so gut, wie du behauptest? Glaubst du, er könnte eine Fake-Nachricht so ins Netz stellen, dass jeder erst mal denkt, sie wäre offiziell?«

»Ja, ich glaube schon. Du meinst, wie eine Zeitungsmeldung oder so?«

Marie nickt. »Ich bin draufgekommen wegen der Sache mit dem Bullen, der den Dienst quittiert hat. Und weil du gesagt hast, dass Bennie glaubt, dass da was faul ist. Ist es nicht, da bin ich mir sicher, aber vielleicht können wir tatsächlich eine Meldung ins Netz stellen, die sogar mehr als faul ist. Aber bevor das irgendjemand mitkriegt, ist es schon zu spät.«

12.
Act now!

Die Sache mit den Fake News sorgt für Aufregung. Mit Marie ist es wieder schwierig. Lukas fragt Bennie, ob er bei einer Aktion mitmacht.

Bennie hat es tatsächlich hingekriegt. Mit der offiziellen E-Mail-Adresse der Stadt als Absender. Weshalb die Meldung schon über dpa in den meisten großen Tageszeitungen stand, bevor sie bei der Polizei überhaupt irgendwas davon mitgekriegt haben.

Maries Vater ist ja bei der Zeitung. Von ihm wusste Marie auch, dass sie die meisten Meldungen einfach übernehmen, ohne groß nachzufragen oder sich abzusichern. Sie haben nicht mehr genug Leute in den Redaktionen, die paar Journalisten, die da noch sitzen, hauen ihre Artikel raus, basteln noch schnell ein paar reißerische Überschriften und sind froh über jeden Termin, zu dem sie nicht extra hinmüssen, sondern irgendeine Agenturmeldung abschreiben können. Lukas hat Maries Vater einmal über seinen Job reden hören – und die fünf Minuten haben völlig gereicht, um sich im Stillen zu schwören, dass er auf gar keinen Fall mal Journalist wird. Zumindest nicht bei einer Tageszeitung.

Auch was er von Marie weiß, passt ganz gut dazu. Wenn sie manchmal erzählt, wie frustriert ihr Vater ist. Vierzig Kippen am Tag und jeden Abend eine Flasche Rotwein. Maries Mutter ist kurz davor, sich für immer von ihm zu verabschieden. Im Moment ist sie gerade mit ihrer Band auf Tour. Marie meint, es könnte gut sein, dass sie gar nicht zurückkommt. »Ich kapiere nur nicht, warum er nicht längst bei der Zeitung gekündigt hat«, sagt Marie über ihren Vater. »Er wollte mal die Welt ändern, love and peace und so, kannst du dir das vorstellen? Aber er könnte immer noch irgendwas Sinnvolles machen! Nur fehlt ihm dazu der Mut oder was weiß ich. Er ist einfach fertig und ändert gar nichts mehr.«

Lukas ist sich nicht sicher, ob es wirklich so einfach wäre, was anderes zu machen. Er sieht es ja an seinem eigenen Vater! Klar ist es ein Unterschied, ob du Journalist bist oder ein Scheiß-Immobilienmakler, dem es sowieso immer nur darum geht, Geld zu machen. Aber er glaubt schon seit einiger Zeit, dass sein Alter auch nicht wirklich glücklich ist. Er verdient Schotter ohne Ende und fährt ein dickes Auto und hat garantiert den größten Flachbildschirm in der ganzen Straße, von dem Pool und dem Profi-Grill mal ganz zu schweigen, aber mehr ist da auch nicht. Fette Fassade und dahinter nichts als ein verdammtes Loch. Es wird auch nicht mehr lange dauern, bis sein Vater sich eine Jüngere sucht oder seine Mutter sich einen Lover zulegt. Hat sie vielleicht sogar schon. Weil sie noch was erleben möchte, was sich irgendwie echt anfühlt.

Ist nur die Frage, was das überhaupt für ein Typ sein könnte. Irgendwie sind sie alle gleich. Und es ist verdammt noch mal so, dass es nun mal unsere Eltern sind, die die Welt kaputtgekriegt haben, denkt er. Mal eben ganz locker in die Sackgasse gebrettert, Hauptsache, sie hatten ihren Spaß. Nur dass da am Ende leider keine Wendeplatte ist. Und rückwärtsfahren haben sie nicht drauf, haben sie nie gelernt, wollen sie auch nicht, also bleibt nur mit Vollgas in den Abgrund.

Grund genug, um sie alle anzuklagen. Wegen Mitmachen und Weggucken und Nichts-dagegen-Tun. Wegen völliger Verantwortungslosigkeit. Und deshalb sollen sie auch bloß nicht glauben, dass sie ihren Kindern noch irgendwas vorschreiben könnten. Sie haben jedes Recht verwirkt, sich einzumischen und uns zu sagen, was wir tun sollen. Wenn sie wirklich was Sinnvolles machen wollen, sollen sie ihr Geld Sea-Watch und Greenpeace geben. Und die Politiker zwingen, endlich zu handeln. Ich möchte sie alle auf der Straße sitzen sehen, wenn die Klimakonferenz stattfindet. Maries kettenrauchenden Vater genauso wie meinen eigenen Alten und meine Mutter mit ihrem Lover. Und die Lehrer und den Filialleiter aus dem Supermarkt und den Hobbyjäger, der ein Gipsbein hat, weil er vom Hochsitz gefallen ist, und alle Bullen sowieso …

Vielleicht hat ihr Fake auch deshalb so reingehauen. Weil die Bullen natürlich diejenigen sind, von denen keiner erwartet, dass sie so was machen. Einen Einsatz verweigern mit der Begründung, dass sie auf der Seite der Klimaaktivisten stehen würden.

Mit so was rechnet keiner. Aber vielleicht ist auch genau das der Fehler. Vielleicht gibt es da tatsächlich noch mehr Typen wie diesen Mario S. Und wenn erst mal ein paar anfangen, dann würden vielleicht auch noch andere mitmachen.

Deshalb war Maries Idee auch so super. Deshalb und weil sie die Leute dazu gebracht hat, wenigstens mal kurz über ihre eigene Haltung nachzudenken. So im Sinne von: Wenn sogar schon die Bullen einen Einsatz verweigern, dann müssen wir selber auch was tun. Kämpfen wir dafür, dass endlich was passiert, um das Klima zu retten!

POLIZEI VERWEIGERT EINSATZ

war die Überschrift. Und darunter:

MOTORRADSTAFFEL ERKLÄRT SICH
SOLIDARISCH MIT DEN DEMONSTRANTEN.

Im Artikel selber stand dann die angebliche Erklärung des Einsatzleiters:

»Es ist allerhöchste Zeit, dass wir erkennen, auf welcher Seite wir alle zu stehen haben. Es kann nicht sein, dass wir weiterhin skrupellose Manager von Öl-, Auto-, Agrar-, Stahl- und Energiekonzernen sowie feige Politiker vor Demonstranten schützen, die nichts weiter tun, als dafür einzutreten, dass wir auch morgen noch eine Chance zum Leben haben.

Die wissenschaftlichen Erkenntnisse sind eindeutig. Aber noch immer werden die Warnungen ebenso wie Lösungen und Konzepte, die die Klimakrise stoppen könnten, nahezu vollständig ignoriert. Das müssen wir ändern. Und wenn es nicht anders geht, müssen wir dabei auch gegen Erlasse und Bestimmungen verstoßen oder einen Befehl verweigern. Das ist unsere Pflicht, nichts anderes wollen wir mit unserer Teilnahme an der Demonstration zeigen.«

Und im Schlusssatz nochmals der Hinweis auf Ort und Zeitpunkt der Großdemo. Quasi als Aufruf an alle, zu kommen und mitzumachen.

Ein paar Zeitungen haben einen Kurzkommentar dazu verfasst, meistens eher irritiert, aber mit dem Tenor, dass es vielleicht tatsächlich an der Zeit ist, um den Forderungen der Klimaaktivisten auch mit ungewöhnlichen Mitteln Nachdruck zu verleihen. »Klimaaktivisten« wohlgemerkt, nicht mehr »selbst ernannte Klimawächter« oder »Chaoten aus dem linken Spektrum«. Eine Zeitung hat noch eine Meldung aus den 1970er-Jahren ausgegraben, als in Hannover tatsächlich mal eine Motorradstaffel bei einer Demo gegen Fahrpreiserhöhungen geschlossen den Einsatz verweigert hat. Mit einem Foto von schnauzbärtigen Polizisten mit schulterlangen Haaren.

Als die Polizei mit ihrer Richtigstellung kommt, ist es bereits zu spät. Das ist eine Falschmeldung, das ist ein gezielter Versuch, die Polizei zu diffamieren, das wird Konsequenzen für die Täter haben. Klingt genau so, als ob sie sagen würden: Wir sind die Handlanger von Wirtschaft und Politik, wir machen immer, was man uns sagt, unter Kopf ist nicht groß genug, um selbst zu denken. Und der Satz »Die Motorradstaffel wird selbstverständlich ihrer Aufgabe zum Schutz der Konferenzteilnehmer nachkommen« macht die ganze Sache nicht unbedingt besser für die Polizei.

Die offenen Lacher oder zumindest eine Art heimlicher Sympathie sind aufseiten der Klima-Aktivisten, was die Zeitungsleser sich gemerkt haben, sind die Sätze über skrupellose Manager und Politiker, die sich durch ihr Handeln oder eben Nichthandeln mitschuldig machen.

»Fake News«, fasst Bennie zusammen. »Cool! Könnten wir eigentlich öfter mal starten, solche Aktionen. Wird jetzt wahrscheinlich erst mal schwieriger mit Zeitungen und so, aber hey, ich sage nur ›social media‹! Müssen wir nur so hinbiegen, dass es schon genug Leute geteilt haben, bevor der Provider es stoppen kann. Ich arbeite schon an einer neuen Idee, die voll reinhaut, Alter! Bin ich durch so eine Doku draufgekommen, Orson Welles, sagt dir ja hoffentlich was, alles klar? Und der hat mal ein Hörspiel gemacht, noch bevor es Fernsehen gab, deshalb nur im Radio, und zwar so, als ob es eine Live-Reportage wäre, ›Der Krieg der Welten‹, dass gerade Außerirdische in Amerika gelandet sind und so, aber die Leute haben das voll geglaubt und sind ausgeflippt, Massenpanik! Und jetzt vergiss mal den Quatsch mit den Außerirdischen, aber stell dir vor, wir machen so was auf Youtube und solchen Kanälen …«

Lukas hört nur noch halb hin. Bennie redet schon seit mindestens einer Viertelstunde wie ein Wasserfall, kaum dass Lukas bei ihm im Zimmer war, ging es los.

Aber es stimmt schon, was Bennie sagt, ihre Aktion mit der angeblichen Nachricht über die Motoradstaffel war super. Im Netz kommen immer noch neue Kommentare dazu, und das Beste ist, dass niemand eine Ahnung hat, wer das Ganze eingefädelt hat. Die meisten mutmaßen, dass die Leute von OFF dahinterstecken müssen, »weil solche Nummern typisch für die sind. Guerillamäßig und so.«

Bennie hat jedenfalls keine Spuren hinterlassen, als er sich in das Computersystem der Stadt gehackt hat. Bennie ist verdammt gut! Und natürlich hat Marie recht gehabt damit, dass sie niemandem etwas von der ganzen Sache erzählen sollen. »Nur wir drei wissen davon«, hat sie mit Lukas und Bennie abgesprochen, »sonst niemand.«

Andererseits ist es echt blöd, dass sie es keinem sagen können. Es wäre schon cool, ein bisschen dafür bewundert zu werden. Oder wenigstens mal so eine Bemerkung anbringen zu können wie: »Klar, die Leute von OFF sind ganz okay, aber sie sind auch nicht die Einzigen, die so was draufhaben. Und die Fake News kamen auch nicht von OFF, ich weiß, wer dahintersteckt, ich darf aber nichts sagen. Je weniger ihr wisst, umso besser. Ihr kennt die Typen nämlich auch!«

So was Ähnliches hat Bennie wohl allerdings auch zu Tassilo gesagt. Und der Vollpfosten musste es natürlich gleich Hendrik erzählen und der dann Aylin, bis es wieder bei Marie angekommen war. Die ein Riesending daraus gemacht hat und echt sauer war.

Immer noch sauer ist, korrigiert sich Lukas selbst. Sie lässt sich nicht mehr blicken und geht auch mal wieder nicht an ihr Handy. Auf Lukas' Nachrichten antwortet sie natürlich auch nicht. Und als er bei ihr zu Hause aufgetaucht ist, hat ihr kettenrauchender Vater nur gesagt: »Marie ist nicht da. Aber ich soll dir was von ihr ausrichten. Dass sie nicht auf Leute steht, die über offene Kellergänge springen und das als Film ins Netz stellen, um damit anzugeben. Du wüsstest schon, was sie meint. Alles klar?«

»Ich hab keinen Film ins Netz gestellt«, hat Lukas noch versucht, sich zu rechtfertigen. Aber natürlich hat er die Botschaft verstanden: Es geht darum, nicht mit irgendwelchen Aktionen zu prahlen, schon klar. Er würde auch gerne mit Marie darüber reden, und er hat ja auch gar nicht rumgelabert, sondern Bennie!

Aber er kapiert langsam sowieso nicht mehr, wie Marie eigentlich tickt. Was heißt überhaupt »langsam«, denkt er. Offensichtlich hat er noch nie irgendwas kapiert bei Marie! Wahrscheinlich weiß sie sowieso nicht, was sie eigentlich will. Die Bullen und alle beschimpfen und echt was unternehmen gegen den ganzen Scheiß oder nur ein paar Flyer verteilen.

Das ist so ähnlich wie der Sex mit ihr, denkt er noch, mal küsst sie ihn und macht noch ganz andere Sachen mit ihm, und dann tut sie wieder so, als wäre nichts gewesen. Und er hat langsam auch die Schnauze voll davon, immer nur hinter ihr herzurennen. Außerdem ist sie nicht die einzige Frau auf der Welt, sagt seine Mutter auch immer: Frauen gibt's wie Sand am Meer. Oh, sie sagt »Männer« statt »Frauen«, aber das wird ja wohl auch umgekehrt gelten. Und diese Frau, die ihn im Supermarkt rausgehauen hat, kriegt er sowieso nicht mehr aus dem Kopf! Da kann er eigentlich auch gleich versuchen, sie zu finden, statt sich von Marie verarschen zu lassen.

Klar, was er und Marie da zusammen durchgezogen haben, war großartig. Und da stimmte auch alles zwischen ihnen. Aber jetzt stimmt wieder gar nichts mehr! Und die Füße still halten ist auch nicht so sein Ding. Er glaubt nämlich, dass Marie sich irrt, wenn sie sagt, dass es wichtig ist, alle Aktionen gemeinsam zu planen, damit möglichst nichts schiefgehen kann und so. Vielleicht sollten sie stattdessen permanent … stören! Jeder von ihnen. Hunderte von kleinen Aktionen, jeden Tag, jede Nacht.

So wie das Absägen der Hochsitze. Oder dem Jäger auf die Sitzbank pinkeln. Parolen sprühen. UNTER DEM PFLASTER IST DER STRAND. Schöner

Spruch, zwar alt, aber trotzdem schön. Er hat was darüber gelesen, wo der Spruch herkommt. 1968 haben sie ihn überall an die Wände gemalt, bei den großen Studentenunruhen in Paris, Berlin, Rom, Berkeley, Sao Paulo, Tokio. Aber der Satz ist schon älter, von irgendwelchen Typen, die sich »Situationisten« genannt haben. Absolut bescheuerter Name, aber die Ideen der Typen waren trotzdem gut. Die Ruhe und Ordnung stören. Und genau darum geht es auch jetzt noch. Ein Stück Pflaster aufreißen und Blumen pflanzen. Wildschweine auf die Golfplätze locken, damit sie alles zerwühlen. Riesige Fahrraddemos organisieren, allen SUVs die Auspuffrohre verstopfen, sich vorm Rathaus auf die Straße setzen und erst wieder weggehen, wenn …

Weiß er noch nicht. Aber es gibt genug Möglichkeiten. Würde er alles auch mit Marie machen. Darüber wollte er mit ihr reden. Aber wenn sie lieber rumzicken will, dann macht er es eben alleine. Nur mit Bennie vielleicht, als Rückendeckung. Und die Klimakonferenz ist genau der richtige Anlass, um damit anzufangen. Außerdem ist eins schon mal sicher: Wenn er die fremde Frau wirklich finden will, dann genau da. Er könnte wetten, dass sie irgendwo auftaucht. Und dann ist er auch da …

»Hör mal, Bennie«, unterbricht er den Freund, der

sich gerade durch irgendeine Seite im Netz scrollt, »wenn ich was machen würde, was … Ich weiß noch nicht, aber jetzt bei der Klimakonferenz, zum Beispiel. Kleine Aktion, um die Typen mal aufzumischen. Wärst du dabei, auch wenn es Ärger geben kann?«

Bennie grinst. »Ich dachte schon, du fragst gar nicht mehr! Sondern wartest lieber darauf, was einer gewissen Marie so einfällt, weil du selber keine Ideen hast. Also los, erzähl mal, was machen wir?«

»Du weißt, wo sie die Typen von der Konferenz alle unterbringen, oder? Nicht im Hotel in der Stadt, sondern …«

»Hier bei uns, schon gehört. Dieses Wellnesshotel im Wald, mit dem See davor, wo wir als Kinder manchmal Tretboot gefahren sind.«

Lukas nickt. »Jetzt ist alles eingezäunt, Privatgrundstück, das ganze Gelände, und die Bullen werden noch weiter ringsum absperren.«

»Aber es gibt nur eine Zufahrt, auf die werden sie sich konzentrieren. Der Rest ist Wald mit ein paar Spazierwegen. Und am hinteren Ende vom See fängt auch gleich das Moor an, da gibt es höchstens ein paar Trampelpfade.«

»Und genau von da kommen wir aufs Gelände. Du gibst mir Rückendeckung! Wenn ich entdeckt werde, musst du die Leute ablenken, der arme Rollifahrer, der nur irgendwelche Vögel fotografieren wollte und jetzt im Matsch feststeckt …«

»Hilfe! Hiiilfe!«, ruft Bennie laut. »Ich bin hier, hört mich keiner? Holt mich hier raus, bevor ich absaufe!«

»Genau«, nickt Lukas.

»Und was genau ist die Aktion?«, will Bennie wissen.

»Ich erklär's dir. In der Zeitung stand, dass es noch vor Beginn der Konferenz ein Pressefrühstück draußen auf der Terrasse geben soll. Mit Laufstegen, die zu einer schwimmenden Insel führen, auf der das Catering aufgebaut ist. Insel, Wasser, kapierst du? Aber das wird nichts, an der einen Seite vom See ist nämlich ein Wehr, wo sie das Wasser ablassen können, falls es zu viel geregnet hat. Da muss ich rankommen. Und dann … Tada! Das gibt schöne Fotos für die Zeitung. Und die Botschaft sollte klar sein – das war's mit Wasser. Wir sitzen voll auf dem Trockenen.«

13.
Property and profit will cost us the earth

Lukas und Bennie kommen mit einem Trick durch die Absperrungen. Bennie macht einen Fehler. Lukas macht eine Entdeckung und muss fliehen.

Sie nehmen denselben Weg wie neulich, wieder über den Trampelpfad am Graben entlang. Durch die Büsche hindurch können sie sehen, dass der Platz um den umgestürzten Hochsitz mit Flatterband abgesperrt ist. Bennie grinst und streckt die flache Hand aus. Als sie sich abklatschen, flattert eine Taube von dem Baum neben ihnen hoch und landet unbeholfen zwischen den Maispflanzen auf dem Feld vor ihnen.

Sie folgen jetzt einer Treckerspur, einmal muss Lukas ein paar Meter schieben, um den Rollstuhl durch die tiefen Furchen zu bekommen. Hoch über ihnen stößt ein Raubvogel einen Warnruf aus.

»Habicht«, sagt Bennie.

»Mäusebussard«, meint Lukas. »Ist größer als ein Habicht.«

»Fick dich«, sagt Bennie.

Sie hören die Hufe der Pferde schon, bevor sie die beiden berittenen Polizisten sehen, die auf dem Teerweg am Ende des Feldes das Gelände kontrollieren. Als sie Lukas und Bennie zwischen dem Mais auftauchen sehen, stoppen sie die Pferde, der Jüngere der beiden legt die Hand ans Pistolenhalfter, ihre Mienen zeigen deutlich, dass sie die Situation zumindest für bedenklich halten, wenn nicht sogar gefährlich! Auf alle Fälle ganz sicher nicht so, wie es sein sollte. Zwei junge Typen, die mitten durchs Maisfeld kommen, das kann nicht normal sein. Andererseits sitzt der eine im Rollstuhl! Aber das ist vielleicht nur vorgespielt …

»Halt!«, brüllt der eine Polizist. »Was machen Sie da? Hier ist abgesperrt.«

»Dein Job«, sagt Lukas leise und boxt Bennie gegen die Schulter.

»Ist ja irre«, sagt Bennie. »Echt, sogar hier auf den Feldern ist gesperrt? Wegen der Klimakonferenz, richtig? Finde ich gut, dass sie aufpassen, nicht dass da irgendwelche Typen was versuchen, was nicht okay ist.« Bennies Stimme klingt restlos begeistert. Lukas hofft nur, dass er es nicht übertreibt. Vor allem als er jetzt noch hinzusetzt: »Aber das ist auch der Grund, weshalb wir selber hier sind. Bisschen aufpassen kann ja nicht schaden. Ich bin übrigens Paul, meinem Vater gehören hier ein paar Felder. Und der Kumpel ist Philip …«

Er zeigt mit dem Daumen über seine Schulter auf Lukas. »Zwei P, ein L, wie in Philip.« Er lacht, als hätte er einen ganz besonders guten Witz gerissen. »Ist übrigens mein bester Kumpel, ich brauche ja immer einen, der mich schiebt. Ist nicht so einfach mit dem Mercedes hier, aber was soll ich machen, weil ich mich als Fünfjähriger nicht festgehalten habe auf dem Trecker, sondern rumgehampelt, und bevor mein Alter stoppen konnte, war's schon zu spät, voll mit dem Hinterrad über beide Beine.«

Bennies Redeschwall ist eindeutig zu viel für die Polizisten, sie starren ihn nur mit offenem Mund an und nicken wie so zwei Wackeldackel. Aber immerhin scheinen sie jetzt überzeugt zu sein, dass Bennie und Lukas nicht gefährlich sind. Schlimmstenfalls halten sie Bennie für einen kleinen Spinner, aber dass er nach dem Unfall mit dem Trecker nicht mehr ganz dicht ist, kann man ja auch verstehen. Nett von dem Kumpel, ihn überall hinzuschieben.

»Der Teerweg ist die Grenze«, erklärt jetzt der ältere Polizist. »Ab hier gehört alles zum gesperrten Gebiet.«

»Super«, meint Bennie. »Dann rollen wir da jetzt aber trotzdem mal links runter bis zur Wegkreuzung.

Sorry, muss sein, geht nicht anders. Wir haben da noch ein paar Bullen stehen.«

Die Polizisten strecken die Köpfe vor und mutmaßen sofort das Schlimmste, aber Bennie verzieht keine Miene. Lukas kann nur mit Mühe ein Kichern unterdrücken, als sein Freund weiterredet. »Ist unsere Bullenweide, deshalb. Ich muss gucken, ob noch genug Wasser im Tankwagen ist, sonst drehen die Biester durch. Hatten wir schon mal, da haben sie den Zaun plattgemacht und sind voll abgegangen, bis zur Straße vorne. Das braucht echt keiner, ein paar wild gewordene Bullen, meine ich. Also, ist es okay, wenn wir da eben mal nach dem Rechten sehen?«

Die beiden Polizisten blicken sich an.

»Da standen Kühe auf der Weide, das stimmt«, sagt der Jüngere.

»Bul-len!«, korrigiert Bennie. Ungefähr so, als würde er mit jemandem reden, der es einfach nicht kapieren will. »Oder einfach Rinder, jetzt auch als Sammelbegriff sozusagen.«

Der Polizist nickt wie ein Schüler, der seinen Fehler eingesehen hat.

»Ihr müsst dann über den Weg links zurück, rechts ist schon alles mit Gitterzäunen abgesperrt«, erklärt sein Kollege.

»Geht klar, Chef«, sagt Bennie. »Los Philip, zeigen

wir den Herren mal, wie es aussieht, wenn wir ordentlich Asphalt unter den Rädern haben.«

Er stößt sich bis zur Grasnarbe, Lukas schiebt ihn auf den Teerweg, dann stemmt sich Bennie mit solcher Kraft in die Greifringe, dass der Rollstuhl schnell an Tempo gewinnt. Die Pferde wiehern nervös und stampfen mit den Hufen, Lukas hebt grüßend die Hand und folgt Bennie im Laufschritt.

Erst als sie um die nächste Kurve sind, stoppt Bennie.

»Ich kann nicht mehr«, keucht er vor Lachen. »Die Gesichter von den beiden waren doch super, als ich das erste Mal ›Bullen‹ gesagt habe, oder?«

»Echt, du spinnst!«, erwidert Lukas. »Mann, was für Zeug hast du da zusammengelabert? Das hätte auch schiefgehen können …«

»Ist es aber nicht. Und zumindest kommen wir jetzt ganz easy dahin, wo wir hinwollen. Ohne dass die Typen irgendeinen Verdacht haben. Ich hoffe nur, dass sie nicht auf die Idee kommen, jetzt Geld zu sammeln für das arme Schwein im Rolli, das als Kind vom Trecker gefallen ist.« Bennie lacht wieder.

»Du spinnst, aber echt«, wiederholt Lukas.

Die Kühe auf der Weide kommen glotzend an den Zaun, als sich Bennie und Lukas nähern.

»Alles klar?«, ruft Bennie. »Eure Kollegen sind voll

in Ordnung, nur dass ihr's wisst. Könnt ihr stolz drauf sein.«

»Hör doch auf«, sagt Lukas genervt. Er merkt selber, wie nervös er plötzlich ist. Die Zufahrt, die von hinten um das Gelände des Hotels führt, ist mit einem Gitterzaun abgesperrt, genau wie die berittenen Polizisten gesagt haben. Auch zu beiden Seiten des Weges sind Gitter aufgestellt, ein paar Meter weiter in den Wald rein ist dann nur noch Flatterband zwischen den Bäumen gespannt.

»Das bringt's natürlich«, grinst Bennie und wendet den Rollstuhl, um auf den Weg am Waldrand zu kommen. »Los geht's, Alter!«

Je weiter sie dem Weg folgen, umso mehr verändert sich der Wald neben ihnen. Bis nur noch vereinzelte Birken aus dem dichten Farnkraut wachsen, dazwischen liegen viele umgestürzte Stämme, hier und da schimmern bereits die ersten schwarzbraunen Tümpel. Wie dunkle Löcher. Dann endet der Weg an einem Graben. Lukas nimmt einen abgebrochenen Ast, um die Tiefe zu messen. Als er den Stock ins Wasser stößt, steigen stinkende Blasen auf.

»Da drüben«, sagt Bennie und zeigt auf eine Stelle, an der der Grabenrand keine Kante bildet, sondern flach ins Wasser führt. »Wenn du mit voller Kraft schiebst, müssten wir es schaffen. Auf der anderen

Seite ist wieder ein Trampelpfad. Ich will wenigstens noch ein Stück mit! Und je weiter wir mich da noch ins Moor reinkriegen, umso besser. Obwohl ich nicht glaube, dass sie hier alles kontrollieren, die haben auch keinen Bock, im Matsch rumzulatschen.«

Im nächsten Moment beugt er sich vor. »He, siehst du das? Was ist das da? Das sind doch Fußspuren, und zwar jede Menge! Da, im Schlamm am Rand vom Graben. Und drüben auch. Hier sind irgendwelche Leute durch! Glaubst du, dass das die Bullen waren?« Ohne eine Antwort abzuwarten, stößt er den Rollstuhl bis zu der Stelle, an der die Spuren zu sehen sind. »Nee, Alter, und das sind auch keine Gummistiefel. Also auch keine Jäger, die auf Moorhühner ballern. Die Abdrücke sind von Sneakern. Und Fahrradreifen! Die Spuren sind ganz frisch! Was sagt uns das?«

»Du bleibst hier«, erklärt Lukas. »Ich mach das alleine. Ich kriege dich sowieso nicht durch den Graben, ohne dass wir stecken bleiben. Und wenn da drüben irgendwelche Leute sind, muss ich schnell abhauen können.«

Bennie verzieht missmutig das Gesicht, nickt aber. »Okay, der Krüppel bleibt hier.«

Als Bennie die Lippen aufeinanderpresst, fürchtet Lukas für einen kurzen Moment, dass sein Freund anfängt zu heulen.

»He«, sagt er. »Ich gucke nur, ob ich rauskriege, wer

da ist. Vielleicht muss ich von einer anderen Stelle aus versuchen, bis an das Wehr zu kommen, dann bin ich sowieso gleich zurück.«

»Stell dein Handy lautlos«, erinnert ihn Bennie, ohne ihn anzublicken.

Als Lukas über den Graben springt, hört er, wie Bennie hinter ihm flucht: »Scheißbeine. Scheißrollstuhl. Alles Scheiße.«

Lukas hastet über den Pfad, das Gras ist tatsächlich erst vor Kurzem niedergetreten, jedes Mal, wenn er an eine matschige Stelle kommt, sind die Spuren wieder deutlich zu sehen. Jetzt ändert sich der Untergrund, es gibt ein paar Erhöhungen, große Steine und fester Boden, bis an den rückwärtigen Zaun vom Hotelgelände.

Lukas kann bereits die Wasserfläche schimmern sehen, das Wehr liegt weiter nach links, er hat sich ein bisschen in der Richtung vertan. Um ihn herum ist eine Menge dorniges Gebüsch und wieder ein paar krumm gewachsene Kiefern. Brombeerranken verhaken sich in seinen Jeans.

Im nächsten Moment stolpert er über ein tiefes Loch im Boden, gleich daneben liegen ein paar unterschiedlich lange Bretter und mehrere Vierkanthölzer. Vor dem nächsten Gebüsch ist etwas mit einer Plane in Tarnfleckfarben abgedeckt, noch ein Stapel Holz vielleicht, denkt Lukas, aber ziemlich groß, sicher drei, vier Meter lang und über zwei Meter hoch.

Als er die Plane anhebt, kann er eine Holzplatte erkennen, mit einem Rahmen, an dem leere Wasserkanister befestigt sind. Wie Schwimmkörper.

Das ist ein Floß, denkt er, noch bevor er die Holzteile daneben sieht. Und die Beschriftungen, Edding und Druckbuchstaben: *Seitenwand links, Rückwand, Dachplatte* und so weiter. An allen Kanten sind Verbindungen mit Steckscharnieren. Das sind eindeutig vorgefertigte Bauteile, die sich schnell zusammensetzen lassen. Aufbauten für das Floß. Aber diese Holzteile erinnern ihn an irgendwas. Erst als er den Mast und das zerfetzte Segel erkennt, hat er plötzlich das Bild dazu vor Augen: »Waterworld«! Der Science-Fiction-Film mit Kevin Costner, in dem er mit einem selbst gebauten Floß versucht, irgendwelchen marodierenden Banden zu entkommen. Und das Floß hier ist eindeutig nach dem Ding im Film gebaut und auch so angestrichen. Aber was soll das? Und von wem sind die Sachen?

Lukas blickt sich um, als müsste jeden Moment jemand auftauchen, der das Rätsel lösen kann. Aber da ist niemand, Lukas ist alleine. Nur auf der anderen Seite des Sees steht jemand auf der Terrasse. Als Lukas vorsichtig einen Zweig zur Seite biegt, erkennt er zwei Polizisten, die rauchen. Ganz kurz meint er, sie auch lachen zu hören, dann zwitschert wieder nur eine Amsel.

Lukas will gerade zu seinem Handy greifen, um Bennie zu erzählen, was er zufällig entdeckt hat, als es vibriert. Das Display zeigt BENNIE.

»Ja, Bennie, was gibt's?«

»Hau ab, Mann, hier wimmelt es plötzlich von Bullen. Also echte Bullen, nicht die Scheiß-Kühe! Aber ich hab sie ein Stück weggelockt, damit sie nicht die Spuren am Graben sehen, und ich schicke sie in den Wald rüber, ich sage, dass du da irgendwo bist. Aber ich weiß nicht, ob es klappt, du musst trotzdem weg. Vergiss das Wehr, das ist zu gefährlich jetzt. Versuch zu der Seite rüber abzuhauen, wo es zum Parkplatz für die Wanderer geht. Wir treffen uns später, ich … Scheiße, sie sind da, ich muss Schluss machen …« Das Gespräch bricht mitten im Satz ab.

»Scheiße«, murmelt Lukas vor sich hin. Im selben Moment, in dem er über die Bretter am Boden hinwegsteigt, um im Schutz der Bäume abzuhauen, sieht er, wie die beiden Bullen auf der Terrasse aufgeregt in ihre Funkgeräte brüllen. Im nächsten Augenblick tauchen noch mehr Bullen auf, irgendein Vorgesetzter brüllt Befehle, wenn Lukas seine Handbewegungen richtig deutet, schickt er die Jungens vom Trachtenverein am Seeufer entlang, ziemlich genau in die Richtung, in der Lukas' einzig möglicher Fluchtweg ist …

14.
What the fuck

Lukas schafft es bis zum Parkplatz. Dann passiert etwas Unvorhergesehenes.

Lukas hetzt durch den Wald, der hier in der Nähe des Moores hauptsächlich aus Büschen und ein paar windschiefen Bäumen besteht. Einmal stolpert er über eine Wurzel und schlägt lang hin, ein dorniger Zweig peitscht ihm durchs Gesicht und reißt die Haut auf seiner Wange auf, als er weiterrennt, kann er das Blut auf seiner Lippe schmecken.

In der Stadt zwischen den Hochhäusern hätte er keine Probleme, einen Weg zu wählen, der ihm jeden Vorsprung verschafft, den er braucht. Mauern, Tore, Eisengitter. Müllcontainer. Und Garagendächer. Hier im Wald sieht es anders aus, das ist ein Terrain, das er nicht wirklich kennt und das ihm zu wenig Möglichkeiten bietet, seine Fähigkeiten vom Parkourlaufen einzusetzen. Er findet keinen Rhythmus, er atmet falsch, seine Beine fühlen sich steif an.

Dann hört er Hundegebell hinter sich, noch ist es weit genug entfernt, aber sie haben seine Spur gefunden, da ist er sich sicher. Als er von einer höher gelegenen Stelle aus einen Blick zurück riskiert, sieht er sie an verschiedenen Stellen auftauchen. Immer nur für Sekunden, aber sie sind da, als hätten sie eine lange Reihe gebildet, um ihm keine Möglichkeit zu geben, über die angrenzenden Felder zu entkommen.

Jetzt ist er an der Pferdekoppel, die an den Parkplatz grenzt, von dem Bennie geredet hat. Lukas mag keine Pferde, aber jetzt sind sie vielleicht seine einzige Chance. Als er über den Zaun flankt, weichen sie wiehernd zurück und jagen in panischem Galopp von einer Seite zur anderen.

Wenn die kläffenden Hunde ihm über die Koppel folgen wollen, wird das Chaos perfekt sein, denkt Lukas noch, dann sieht er den Hengst mit geblähten Nüstern und angelegten Ohren auf sich zukommen. Er schafft es gerade noch, sich über das Gatter zu ziehen, verfängt sich aber mit dem Fuß und landet mit einer unglücklichen Drehung im Gras. Als er weiterhetzt, spürt er einen stechenden Schmerz im linken Knie.

Noch ein Graben, ein paar Baumstümpfe, dann ist er auf dem Parkplatz. Erst jetzt wird ihm klar, dass er keine Ahnung hat, wie er von hier wegkommen soll. Ein paar Meter weiter ist die Landstraße, aber er bezweifelt, dass irgendein Auto anhält, um ihn mitzunehmen. Und wenn die Bullen nicht völlig blöd sind, werden sie sich ausrechnen können, wo er ist, und über Funk schon einen Streifenwagen informiert haben, der jeden Moment auftauchen muss.

Lukas blickt sich auf dem Parkplatz um, ein alter VW-Bus und noch drei andere Autos, das eine mit einem Fahrradträger hinten, an dem sich ein junger Typ in grellbunten Bike-Klamotten zu schaffen macht. Irgendwas stimmt nicht mit dem Typen, denkt Lukas noch, was macht er für komische Zeichen, meint er mich?

Zu spät hört er den Motor aufheulen, als er sich umdreht, ist der VW-Bus schon fast neben ihm, die Schiebetür ist offen, zwei Leute mit Skimasken springen raus, bevor Lukas überhaupt reagieren kann, haben sie ihm einen Sack über den Kopf gestülpt und ihn in den Wagen gestoßen.

WE LIVE IN A DREAM WORLD

Wieder das Wohnzimmer bei Lukas zu Hause. Lukas und seine Eltern sitzen beim Abendessen, auf dem Tisch stehen halb volle Teller und Schüsseln, die Eltern trinken Wein, Lukas tippt unter der Tischkante auf seinem Smartphone.

LUKAS' MUTTER:

Ist das denn überhaupt sicher, dass ein Tempolimit etwas bringen würde? Wird da wirklich so viel weniger CO_2 ausgestoßen?

LUKAS' VATER:

Auf jeden Fall senkt es nicht die Unfallzahlen, wie ja bestimmte Leute gern behaupten. Aber die meisten tödlichen Unfälle passieren immer noch auf der Landstraße!

LUKAS' MUTTER:

Also Tempo 100 geht gar nicht, finde ich. Da kommt man ja nie an.

LUKAS' VATER:

Der Abrieb der Reifen ist ein viel größeres Problem. Alles Feinstaub! Wird alles in die Atmosphäre geschleudert, aber davon redet keiner.

LUKAS' MUTTER (zu Lukas):

Wir waren doch neulich im Harz, Papa und ich. Es sieht wirklich furchtbar da aus, wie nach einer Naturkatastrophe.

LUKAS' VATER:

»Mad Max« lässt grüßen! Alles zerstört, gibt keine dunklen Tannenwälder mehr, nur noch ein paar kahle Baumstämme, die da aufragen, wie Skelette.

LUKAS' MUTTER:

Ganz furchtbar, wirklich. Wir haben uns richtig erschrocken.

LUKAS' VATER:

Hat aber überhaupt nichts mit Klima zu tun. Ist alles der Borkenkäfer! Und schuld daran sind die Engländer, die den Harz nach dem Krieg abgeholzt haben. Und dann bei der Wiederaufforstung nur noch Monokultur, das war der Fehler! Da freut sich der Borkenkäfer. Das soll jetzt nicht bedeuten, dass wir mit den Kohlekraftwerken so weitermachen können wie bisher. Aber wir können sie auch nicht einfach so abschalten, das bisschen Wind und Sonne reicht nämlich nicht, dann wird es ganz schnell dunkel bei uns. Die Alternative heißt immer noch Atomkraft, aber das darf man hier ja nicht mehr sagen.

LUKAS' MUTTER:

Und Fukushima?

LUKAS' VATER:

Schön blöd. Ein AKW ausgerechnet an eine Stelle zu bauen, an der du tektonische Verschiebungen der Erdplatten hast. Das darf man natürlich nicht machen!

LUKAS' MUTTER:

Aber Tschernobyl …

LUKAS' VATER:

Die Russen! Du willst mir doch nicht allen Ernstes erzählen, dass wir nicht in der Lage wären, so ein AKW sicherer zu machen als ausgerechnet die Russen! Und komm jetzt bloß nicht damit, dass keiner weiß, wohin mit dem radioaktiven Müll! Dann muss da eben mal ordentlich Geld in die Hand genommen werden, um eine Lösung zu finden. Schießen wir das Zeug in den Weltraum, nur mal so, als Beispiel.

LUKAS' MUTTER:

Aber beim Harz, also ich meine, mit den ganzen toten Bäumen, die wir gesehen haben, das hat doch auch was damit zu tun, dass die Sommer immer trockener werden. Die Talsperren waren fast leer, erinnerst du dich?

LUKAS' VATER:

Papperlapapp, trockene Sommer! Erstens gab es das schon immer, dass das Wetter von Zeit zu Zeit verrücktspielt, schon seit den Dinosauriern. Und zweitens regnet es ja auch viel mehr, oder woher kommen sonst die ganzen Überschwemmungen?

(zu Lukas)

Ist übrigens hausgemacht, das habe ich schon in Klasse acht begriffen, dass man Flüsse nicht begradigen soll und dann gleich daneben auch noch Häuser bauen. Flüsse brauchen Platz, um über die Ufer treten zu können, wenn es entsprechend geregnet hat. Aber nein, da denkt vorher natürlich mal wieder keiner der Verantwortlichen dran.

(Klopft auf den Tisch.)

Hallo! Sagst du vielleicht auch mal was? Oder interessiert dich das Ganze nicht?

LUKAS (ohne hochzublicken):

Was?

LUKAS' VATER:

Wir reden gerade darüber, wie es so aussieht, mit dem Wetter und so. Ist doch dein Thema! Aber eins will ich dir gleich sagen: So ein kleines Land wie Deutschland kann da gar nichts machen. Da müssen alle ran, und vor allem erst mal die großen, USA und China, sonst bringt es das nicht. Wenn wir da den Vorreiter machen, lachen sie uns doch nur aus, weil wir nicht mehr wettbewerbsfähig sind, so sieht es nämlich aus.

LUKAS (schiebt sein Smartphone in die Tasche und klatscht demonstrativ Beifall):

Super, Papa, ich bin begeistert, was du so draufhast! Es gibt da leider nur ein Problem. Du redest nämlich Scheiße. Und ich glaube, du weißt das auch, genauso wie Mama. Mein Papa, der große Scheißeredner.

LUKAS' MUTTER:

Lukas!

(Lukas' Vater steht auf und schiebt seinen Stuhl zurück)

LUKAS' MUTTER:

Daniel!

LUKAS' VATER (geht zum Sideboard und gießt sich ein Glas Whiskey ein. Dann mit Blick auf das gerahmte Urlaubsfoto vor ihm an der Wand):

Du hast recht, Junge, es stimmt, was du sagst.

(Er trinkt.)

Das ändert aber nichts daran, dass wir nichts machen können. Es spielt keine Rolle, was wir denken oder sagen, und das gilt für dich und deine Freunde ebenso wie für mich oder sonst irgendjemanden. Die Politiker könnten, aber die werden nichts tun, da geht es nur um Wählerstimmen. Und darum, sich nicht mit der Wirtschaft anzulegen.

(Trinkt aus und füllt sofort wieder nach.)

LUKAS' MUTTER:

Daniel, was soll das denn jetzt? So habe ich dich ja noch nie reden hören.

LUKAS' VATER:

Es ist so. Es wird passieren, ohne dass es einer stoppen kann. Dürreperioden, Überschwemmungen, ganze Landstriche, die unbewohnbar geworden sind, Lebensmittelknappheit, Klimaflüchtlinge, immer mehr Auseinandersetzungen um Ressourcen, mehr Kriege und so weiter. Das ist die Zukunft.

(Er setzt das Glas so heftig auf das Sideboard, dass der Whiskey noch allen Seiten spritzt. Dann dreht er sich um und geht raus. Mit krummen Schultern und den Blick auf den Fußboden gerichtet. Für eine Sekunde tut er Lukas tatsächlich leid.)

LUKAS' MUTTER:

War das nun wieder nötig, Lukas? Kannst du nicht einmal nur deine … deine Meinung für dich behalten?

(Lukas steht auf, ohne etwas zu erwidern, und drängt sich an seiner Mutter vorbei. Bevor sie reagieren kann, greift er nach dem Glas, das sein Vater abgestellt hat, und stürzt den Whiskey in einem Zug hinunter. Das teure Zeug steigt ihm sofort beißend in die Nase und nimmt ihm für einen Moment den Atem, aber er lässt sich nichts anmerken.)

Auf dem Foto an der Wand ist ein Strand mit Palmen zu sehen. Türkisblaues Wasser und endloser Himmel. Sein Vater mit dem dreijährigen Lukas auf den Schultern, seine Mutter im tief ausgeschnittenen Badeanzug, wie sie einen Handkuss in die Kamera wirft.

Lukas fragt sich, ob das Foto eigentlich ein Selbstauslöser-Bild ist oder ob seine Eltern jemanden darum gebeten haben, die Aufnahme zu machen.

15.
To be militant

Lukas weiß nicht, wer ihn entführt hat. Er soll »die Wahrheit« sagen, aber er weiß ja nichts. Er lernt den Anführer der Kidnapper kennen.

Lukas weiß nicht mehr, wann die Szene in ihrem Wohnzimmer passiert ist. Gestern, vorgestern, vor einer Woche? Und er weiß noch viel weniger, warum er gerade jetzt daran denken muss.

Er hat auch keine Ahnung, wie lange er eigentlich schon in diesem VW-Bus hockt. Er hat immer noch den schwarzen Stoffbeutel über dem Kopf. Und sie haben seine Hände tatsächlich an die Lehne der Sitzbank gefesselt. Mit Kabelbindern! Und ohne ein Wort zu ihm zu sagen. Aber sie waren so schnell, dass er überhaupt keine Zeit hatte zu reagieren. Weshalb er auch immer mehr davon überzeugt ist, dass es die Bullen sind, die ihn geschnappt haben.

Irgendwie müssen sie ihn ausgetrickst haben. Wahrscheinlich haben sie überall im Umkreis des Wellnesshotels ihre Leute. Undercover! Als Radfahrer getarnt. Und mit alten Bullis. Oder überall Drohnen, könnte auch sein.

Aber er hat ja eigentlich gar nichts weiter gemacht. Das Einzige, was sie ihm anlasten können, ist, dass sie sich verbotenerweise an das Seegrundstück geschlichen haben. Er und Bennie. Und er dann noch ein bisschen weiter. Und dann ist er vor ihnen weggerannt. Aber das ist ja wohl kaum eine Straftat, die es rechtfertigt, dass sie ihn einkassieren wie bei einer Entführung!

Er hat jetzt schon mehrmals versucht, sie dazu zu kriegen, dass sie mit ihm reden. He, was soll das? Wo bringen Sie mich hin? Ich habe überhaupt nichts gemacht! Außerdem kriege ich ganz schlecht Luft unter dem Ding, können Sie mir das nicht wenigstens abnehmen? Und die Kabelbinder schneiden in meine Handgelenke. Ich muss dringend pinkeln, echt!

Aber er weiß noch nicht mal, ob sie ihn unter dem Beutel überhaupt gehört haben. Der Motor ist so laut, dass er wahrscheinlich alles andere übertönt.

Lukas merkt, wie ihm der Schweiß ausbricht, als er plötzlich eine Idee hat, worum es hier geht. Da war ja dieses Lager im Wald, das er zufällig entdeckt hat. Das komische Waterworld-Floß. Eindeutig irgendwas für eine illegale Aktion am See. Alles voll professionell, was auch immer da passieren soll. Und bevor die Bullen überhaupt reagieren können, ist schon die Presse benachrichtigt, und sie kriegen die Demonstranten nicht so einfach wieder weg.

Aber vielleicht glauben die Bullen jetzt, dass er dazugehört. Dass er nur deshalb im Wald war, weil er was mit den Leuten zu tun hat, die diese Aktion da geplant haben. Und dann macht das plötzlich Sinn, dass sie ihn entführen. Sie wollen ihm Angst machen, damit er redet und die anderen verrät. Namen nennt. Und den genauen Plan und alles.

Die Bullen haben das Lager vielleicht schon vor ihm entdeckt gehabt. Und dann nur darauf gewartet, dass da einer auftaucht. Und er ist voll in die Falle gestolpert!

»He! Ich kann das erklären, es ist ganz anders.«

Statt einer Antwort schalten sie Musik an. Nicht das Radio, eher eine CD. Irgendwas, was er schon mal gehört hat, aber er kommt nicht auf den Namen. Eine Band aus Berlin, mit einer Sängerin, die am ganzen Körper tätowiert ist. Wirklich überall! Bennie hat mal ein paar Fotos von ihr im Netz aufgerufen, es stimmt.

Er hätte nicht gedacht, dass die Bullen auch Hip-Hop hören. Gehört aber vielleicht zur Tarnung.

»Wer seid ihr?«, flüstert er fast tonlos vor sich hin. »Was wollt ihr von mir? Wohin bringt ihr mich?«

Sie sind jetzt längere Zeit auf einer Landstraße gewesen, der Motor hat gleichmäßig vor sich hin gebrummt, ohne dass sie abgebremst oder beschleunigt hätten.

Lukas versucht, sich die Straßen in Erinnerung zu rufen, die am Wellnesshotel vorbeiführen. Zur einen Seite kommen schon nach ein paar Hundert Metern die ersten Häuser. Und dann auch gleich eine Ampel und eine T-Kreuzung. Das passt nicht, das hätte er mitgekriegt. Aber zur anderen Seite hin geht es lange geradeaus, immer Richtung Flughafen.

Flughafen! Unwillkürlich zieht er die Schultern hoch. Ist das ihr Ziel? Wollen sie ihn etwa …?

Im selben Moment schaltet der Fahrer zurück. Und biegt so scharf nach rechts ab, dass Lukas fast vom Sitz rutscht. Die Kabelbinder schneiden tief in seine Handgelenke, nur mit Mühe kann er sich mit dem Bein abstützen, um das Gleichgewicht zu halten. Sie sind immer noch im zweiten Gang. Die Reifen klingen jetzt anders, wie auf Kopfsteinpflaster. Gleich darauf krachen sie durch ein Schlagloch. Und werden noch langsamer. Der Bus schaukelt und stößt, Lukas rammt sich das Knie an irgendeinem Stück Metall.

Der Waldweg, denkt er. Die Landstraße zum Flughafen führt durch einen Wald. Und da ist erst der Parkplatz, auf dem die Campingmobile mit den halb nackten Frauen hinter der Windschutzscheibe stehen. Jedenfalls war das so, als er das letzte Mal mit seinen

Eltern nach Mallorca geflogen ist. Der Parkplatz ist links. Und kurz danach biegt rechts der Waldweg ab. Ganz am Ende kommt das alte Schwimmbad, irgendein Leistungszentrum für Sportler, das schon lange dichtgemacht hat. Eine Zeit lang gab es in dem leeren Becken noch Konzerte, und eine Disco war da auch mal, er war mit den anderen da, mit den Fahrrädern, aber sie sind nicht reingelassen worden, weil sie noch keine achtzehn waren ...

Inzwischen ist da gar nichts mehr. In der Zeitung war ein Bild von dem völlig runtergekommenen Gelände, alles mit Unkraut überwachsen und mit Absperrgittern gesichert. Sein Vater hat sich noch über die Graffiti auf den Wänden aufgeregt. Als ob das das Schlimmste wäre!

Der Bus stoppt so ruckartig, dass Lukas sich wieder das Knie stößt. Vorne steigt einer aus, lässt aber die Tür offen stehen. Das metallische Quietschen könnte tatsächlich von einem Absperrgitter sein, das zur Seite gerückt wird. Der Bus fährt wieder an und rollt ein paar Meter. Wieder scheppert das Gitter, diesmal hinter ihnen. Er hatte also recht. Dann steigt der Beifahrer wieder ein, der Motor heult auf, sie rumpeln weiter.

Jennifer Rostock heißt die Band, fällt Lukas jetzt wieder ein. Die Band oder auch nur die tätowierte Sängerin, das weiß er nicht. Ist aber auch egal.

Er hat jetzt Angst. Richtig Angst! Was wollen sie hier mit ihm? Wieso sind sie zu diesem Scheiß-Schwimmbad gefahren? Hier ist doch niemand! Aber genau das macht seine Panik noch schlimmer. Irgendwas stimmt nicht, da läuft gerade etwas verdammt falsch. Und keiner weiß, wo er ist. Keiner kann ihm helfen, er ist völlig alleine.

Er merkt, dass er kaum noch Luft bekommt unter diesem Scheiß-Stoffbeutel. Sein Herz rast, er spürt einen stechenden Schmerz im Kopf. Als der Bus hält und sie die Kabelbinder auftrennen, um ihn nach draußen zu zerren, stolpert er und schlägt lang hin.

»Mann, jetzt mach doch nicht den Hampelmann hier, es ist gleich vorbei, wir sind gleich da!«

Es ist gleich vorbei? »Was? Was wollt ihr …«

Sie nehmen ihn zwischen sich und stoßen ihn vorwärts. Er hört, wie eine Tür aufgeschlossen wird. Dann geht es eine steile Treppe nach unten, seine Beine fühlen sich an wie aus Gummi, wenn sie ihn nicht unter den Achseln gepackt hätten, würde er hilflos die Stufen hinunterstürzen.

Noch eine Tür. Die Luft, die ihm entgegenschlägt, ist trocken und kühl. Nach ein paar Schritten drücken sie ihn auf einen Stuhl.

»Ich bekomme keine Luft«, keucht er, »bitte, nehmt mir das Ding ab, ich …«

»Schon gut, Mann, ganz ruhig.«

Er hört Schritte, ein Geräusch, als würde jemand etwas zur Seite schieben. Ein Räuspern. Es müssen noch mehr Leute im Raum sein als nur die zwei, die ihn hergebracht haben …

Mit einem Ruck wird ihm der Beutel vom Kopf gerissen, im ersten Moment kann er nichts erkennen, irgendeine Lampe ist direkt auf sein Gesicht gerichtet, das Licht blendet so sehr, dass der Raum dahinter stockdunkel zu sein scheint.

Als er den Kopf zur Seite dreht, sieht er gerade noch den Typen mit der Skimaske über dem Gesicht, der eine Spritze in der Hand hält. Nach seinem Arm greift und ihm das Sweatshirt hochstreift, während ihn ein anderer von hinten festhält.

»Natriumpentothal, Wahrheitsserum, wollen wir doch mal hören, was du so zu erzählen hast.«

»Nichts, nein, ich weiß nichts. Ich … wer seid ihr?«

Er hört, wie in seinem Rücken eine Tür geöffnet wird. Die Hand mit der Spritze ist nur noch Zentimeter von seinem Oberarm entfernt.

»Stopp! Was soll der Quatsch? Ich weiß, wer er ist, er ist okay.«

Er kennt die Stimme! Er kennt die Stimme, er kennt die Stimme, das ist … Ruckartig dreht er den Kopf zurück. Schwarze Leggins, schwarzes Hoodie, Skimaske. Die Frau aus dem Supermarkt!

»Ist sowieso nur Kochsalz drin«, lässt sich der Typ mit der Spritze vernehmen. »Trotzdem schade, ich hätte dem kleinen Spinner gerne noch ein bisschen Angst gemacht, damit er damit rausrückt, was er weiß. Was der ganze Scheiß sollte! Und was er da zu suchen hatte!«

»Das wird er uns auch so erzählen, glaubt mir.« Als die Frau die Skimaske abstreift, ist sich Lukas für eine Sekunde sicher, dass sie ihm schon im Bulli irgendwas gespritzt haben. Dass er Halluzinationen hat. Dass er etwas sieht, was es gar nicht gibt. Was nicht sein kann, weil …

»Ganz ruhig«, sagt Marie. »Dir passiert nichts. Es ist alles gut. Ich kann dir alles erklären.«

16.
Some guys with solar panels and access to social media may become your problem, assholes!

Lukas kapiert, wo er ist. Seine Entführer sind angepisst, weil er ihnen in die Quere gekommen ist. Lukas hat keinen Kontakt nach außen.

Der Raum ist ziemlich groß. Eine Art Heizungskeller, zumindest laufen unter der niedrigen Betondecke dicke Rohre von einer Seite zur anderen. Und es gibt eine Eisentreppe, die zu einer verglasten Kabine führt, in der Lukas ein gewaltiges Schaltpult an der Rückwand erkennen kann.

Durch die schmalen Fenster oben an der linken Wand fällt genug Tageslicht in den Kellerraum, um die Graffiti auf dem Beton lesen zu können. Ausnahmslos irgendwelche Demosprüche, die meisten auf Englisch.

ACT NOW!

PROPERTY AND PROFIT WILL COST US THE EARTH.

LEARN TO FIGHT IN A WORLD ON FIRE.
NO MORE BUSINESS AS USUAL.
PEOPLE DON'T NEED YACHTS!
GREEN RESISTENCE!
STEINE AUF SCHIENEN. MENSCHEN AUF STRASSEN. ZELTE VOR FABRIKEN.
NO MORE EXCUSES FOR PASSIVITY.

Und natürlich: MAKE CAPITALISM HISTORY! Zusammen mit dem Banksy-Bild von dem Typen, der Blumen statt Steine schmeißt.

Als hätten die Leute von OFF es sich in ihrem Keller ein bisschen gemütlicher machen wollen. Denn Lukas zweifelt keinen Moment mehr daran, dass er bei OFF gelandet ist. Spätestens seit er die Tische mit den Computern in der Ecke gesehen hat. Und mit dem Campinggaskocher und dem Matratzenlager daneben, als würden sie hier auch manchmal übernachten. Das alte Scheiß-Schwimmbad ist ihre Einsatzzentrale! Wieso sie in dem halb abgerissenen Ding überhaupt Strom haben, zeigt nur, dass sie echt gut sind, sie haben garantiert irgendwo eine Leitung angezapft, die längst abgeklemmt war.

Außer Marie sind noch zwei weitere Frauen da. Und ein Typ. Was bedeutet, dass zumindest einer von Lukas' Entführern eine Frau gewesen sein muss. Die Fahrerin vielleicht. Vielleicht die mit den roten Haaren aus der Parallelklasse, die immer so tut, als wäre sie eine von den ganz Braven. Keine Aufkleber, keine Buttons, Lukas hat sie auch noch nie auf einer Demo gesehen. Aber er hat sie im selben Moment erkannt, im dem sie alle ihre dämlichen Skimasken abgestreift haben. Weil Marie gesagt hat: »Ich verbürge mich für Lukas. Er wird uns nicht verraten.«

Die beiden anderen Leute kennt Lukas nicht. Er nimmt an, dass sie aus der Stadt sind, von irgendeiner anderen Schule. Oder vielleicht auch schon arbeiten oder studieren, sie sind eindeutig älter. Und der Typ mag ihn nicht, so viel ist sicher. Der Typ mit der Spritze. Kahl rasierter Schädel, Tattoos am Hals. Ein bisschen Vin Diesel für Arme.

Die Blicke, die er Lukas zuwirft, sprechen für sich. Bei den beiden Frauen weiß er es nicht, die Rothaarige hat ihm immerhin ein Glas Wasser gebracht. Auf jeden Fall ist sie deutlich tougher, als Lukas bisher angenommen hat. Was ja aber noch viel mehr für Marie gilt …

Sie hat noch nicht viel zu ihm gesagt. Eigentlich nicht mehr, als dass er abwarten soll: »Bis wir eine Entscheidung getroffen haben.«

Was immer das jetzt heißen soll. Aber es sieht verdammt so aus, als wäre Marie so was wie die Anführerin hier. Wenn sie was sagt, hören die anderen zumindest erst mal zu, ohne gleich mit einem Gegenargument zu kommen. Ganz anders als bei ihm und Bennie, Hendrik, Tassilo, wo immer jeder beweisen will, dass er mehr draufhat.

Lukas kapiert nicht, wieso er nie bemerkt hat, dass Marie ihm die ganze Zeit was vorgemacht hat. Und er Vollidiot hat sich noch gewünscht, dass sie mehr wie die fremde Parkourläuferin wäre. Die Frau, die ihn im Supermarkt gerettet hat. Dabei hat Marie ja sogar mit ihm … rumgemacht. Sie haben gepoppt, zwei Mal! Und er hat trotzdem von der anderen Frau geträumt. Schön doof, nicht zu merken, dass Marie eigentlich ganz anders ist. Nicht nur jemand, die verdammt gut aussieht und garantiert schlauer ist als er. Sondern die auch etwas macht, was cooler ist als alles, was er sich jemals vorgestellt hat! Und vielleicht ist das ja jetzt auch genau die Chance, die er immer haben wollte …

Aber die Stimmung im Keller ist gerade scheiße. Nicht nur angespannt, sondern richtig scheiße. Und das hat natürlich was mit ihm zu tun, das ist Lukas klar. Seit vor ein paar Minuten Maries Handy geklingelt hat und sie telefoniert, sind alle Blicke auf sie gerichtet. Der Anruf kommt anscheinend von dem Typen, der da noch auf dem Parkplatz war. Der angebliche Rennradfahrer. Marie stellt nur ein oder zwei Fragen, aber ihr Gesicht sagt genug. Und sie vermeidet es eindeutig, zu Lukas hinüberzusehen.

Als sie das Gespräch beendet, weiß Lukas schon vorher, was sie gleich erzählen wird.

»Das war's?«, fragt der Typ, der ihn nicht mag. Er wirkt immer mehr wie Vin Diesel. Vin Diesel, wenn er ganz schlecht drauf ist.

»Das war's«, bestätigt Marie. »Sie haben alles gefunden, die Sache ist gelaufen, das können wir vergessen.«

»Und das alles nur wegen dem … blöden Arschloch hier«, stößt der Typ zwischen den Zähnen hervor.

»Selber Arschloch«, erwidert Lukas.

»Sag mal am besten gerade gar nichts«, kommt es prompt von Marie. Als wäre Lukas irgendjemand, den sie nicht weiter kennen würde. Irgendein Fremder!

»Aber wieso? Ich meine, Scheiße was, ja, sie haben euer Zeug gefunden, weil …«

»Weil du sie dahin geführt hast, super! Große Leistung, Respekt!« Vin Diesel.

»He, so war es doch überhaupt nicht! Ich habe doch nicht wissen können, dass ihr ausgerechnet da …« Lukas.

»Was wolltest du da überhaupt? Wieso bist du durch die Absperrung und vom Moor aus an den See ran?« Die Rothaarige.

»Wahrscheinlich weil es da irgendwo einen Hochsitz gibt, den er und sein Kumpel umschmeißen wollten. Das ist nämlich so ein kleiner Zeitvertreib, den die beiden sich erlauben.« Marie. Ohne jede Sympathie in ihrer Stimme.

»Du bist der Spinner, der ihnen die Hochsitze ansägt? Nicht schlecht.« Die andere Frau, die bisher noch nichts gesagt hat.

»Bringt aber nichts.« Vin Diesel.

»Also, was wolltest du da?« Marie macht zwei Schritte auf ihn zu und beugt sich so dicht zu ihm, dass er für eine Sekunde glaubt, sie würde ihm gleich irgendetwas zuflüstern. Eine Botschaft, die nur für ihn bestimmt ist. Dass sie den anderen nur etwas vorspielt. Aber er hat sich geirrt. Sie ist sauer. Wütend. Enttäuscht von ihm. »Ging es um einen Hochsitz, ja?«

Woher weiß sie das mit den Hochsitzen überhaupt, denkt er noch, während er ihr schon ein »Nein, ging es nicht« entgegenschleudert. Und bevor er sich noch bremsen kann, sprudeln die Worte nur so aus seinem Mund. Was der Plan von Bennie und ihm war. Mit dem Wehr, um den See trockenzulegen. Als wollte er sich rechtfertigen, dass er nicht der Blödmann ist, für den sie ihn alle halten. Für den ihn Marie hält! »Zur Pressekonferenz wäre das dann nichts weiter als Schlamm gewesen. Die Fotos hätten bestimmt reingehauen. Mit so einer Schlagzeile wie ›Klimakonferenz sitzt auf dem Trockenen‹ oder so.«

Er sieht, wie die OFF-Leute sich für einen Moment

nur anblicken, ohne etwas zu sagen. Bis Vin Diesel so was wie ein Grinsen zustande bringt und erklärt: »Okay, gar nicht so blöd. Gefällt mir eigentlich ganz gut, die Idee. War nur leider der falsche Zeitpunkt.« Von einer Sekunde zur nächsten ist das Grinsen wie weggewischt. Vin Diesel ist wieder eingefallen, dass Lukas ihn ja gerade gefickt hat. Sie alle, die ganze Gruppe.

Marie zieht die Augenbrauen hoch und richtet ihren Zeigefinger auf Lukas. Als wollte sie ihn anklagen! »Ich hab's dir gesagt! Ich habe dich sogar darum gebeten, dass du aufhörst mit solchen Solo-Aktionen. Zumindest bis die Konferenz vorüber ist. Ich habe dir gesagt, dass es Leute gibt, die das besser hinkriegen. Und die du nur gefährdest, wenn du …«

Lukas schluckt. »Was war es denn, was ihr machen wolltet? Also schon klar, irgendwie ein Floß wie bei Waterworld oder so, aber …«

»Am ersten Morgen der Konferenz wollten wir in dem Moment, wo sie ihr Pressegespräch haben, von der Rückseite des Sees mit dem Floss rüberrudern, um unsere Forderungen zu überreichen«, erklärt die Rothaarige. »Paar schöne Bilder für die Medien, Dystopie und so, unsere Zukunft, was passieren wird: ganze Länder unbewohnbar, Millionen Menschen auf der Flucht, paar abgefuckte Gestalten, die es gerade so noch schaffen zu überleben …«

»Die Bilder sollten der Aufhänger sein«, erklärt Vin Diesel gereizt. »Bisschen Theater kommt immer gut, um die Fantasie von den Politikern und den Vertretern der Industrie anzukitzeln. Aber können wir jetzt ja knicken. Das war's. Oder wir müssen uns was anderes einfallen lassen. Und das muss schnell passieren, eine solche Gelegenheit wie die Konferenz haben wir sobald nicht wieder. Was sagt ihr?«, wendet er sich an Marie und die beiden anderen Frauen. »Sollten wir jetzt doch noch mal über die andere Aktion reden, ihr wisst schon …«

»Wir haben abgestimmt, dass wir das nicht machen«, widerspricht die Rothaarige.

»Aber die Situation hat sich geändert! Marie?«

»Es gefällt mir nicht. Aber okay, besprechen wir es. Gehen wir nach oben.« Marie weist auf die Eisentreppe, die zu der Glaskanzel mit der Schalterwand führt.

»Und was ist mit mir?« Lukas springt auf. »Ich würde gerne dabei sein! Ich meine, ich will das ja auch wiedergutmachen, weil ich ja irgendwie schuld bin, dass das …«

Er bricht mitten im Satz ab, als Marie zu der Eisentür am Rande des Raums geht. Und abschließt und den Schlüssel einsteckt, bevor sie zu ihm sagt: »Du bleibst hier, Lukas. Hier unten. Wir besprechen das, was wir zu besprechen haben, und du kannst solange irgendwas lesen oder … Da drüben steht auch was zu essen. Brot und Käse. Nimm dir, was du willst.«

»Aber …«, setzt Lukas noch mal an.

Marie schüttelt nur den Kopf. Dann streckt sie die Hand aus. »Handy?«

»Was?«

»Dein Smartphone! Ich will dein Smartphone haben.«

17.
I called for non-violent protest

Lukas schickt eine Nachricht an Bennie. Die Leute von OFF streiten sich. Es gibt eine Abstimmung.

Sie haben die Tür hinter sich geschlossen. Und sie stehen mit dem Rücken zu ihm, er kann ihre Gesichter nicht sehen, als hätten sie Angst, dass er Lippen lesen könnte. Ist aber wahrscheinlich nur Zufall. Viel wichtiger ist, dass sie gerade nicht aufpassen, was er macht.

Der eine Tisch steht so, dass er von oben nicht in ihrem Blickfeld ist. Halb unter der Eisentreppe. Und der Computer neben dem Karton mit den Spraydosen ist eingeschaltet. Lukas läuft erst betont gelangweilt auf und ab, falls zufällig doch einer nach ihm gucken sollte. Dann verdrückt er sich unter die Eisentreppe und dreht den Bildschirm. Zieht die Tastatur zu sich. Tippt hastig ein paar Sätze als Nachricht an Bennie. Aufs Handy.

Hast du Zeit? Hättest du Lust, heute Abend noch

schwimmen zu gehen. Da, wo wir schon mal mit den anderen waren. Komme rum, um dich abzuholen.

Das müsste okay sein. Selbst für den Fall, dass Bennie irgendwelche Probleme hat und die Bullen vielleicht sein Handy kontrollieren. Mit den Sätzen können sie jedenfalls gar nichts anfangen. Außer dass sie vielleicht denken, mit einem Rollstuhl-Krüppel könnte man nicht schwimmen gehen. Aber da würde Bennie sie schon aufklären. Eigentlich braucht er ihnen auch nur seine Oberarmmuskeln zu zeigen, damit sie Bescheid wissen. Und wenn sie von ihm wissen wollen, wo das Ganze sein soll, kann er einfach behaupten, dass es natürlich um das Freibad in der Stadt geht. Oder den Kiesteich: »Keine Ahnung, was von beiden Lukas meint.« Bennie kann sich auch nicht mehr erinnern, wo sie das letzte Mal zusammen waren. Nicht erinnern können ist immer gut, machen die Politiker ja genauso. Ist also völlig normal.

Aber Bennie wird es schon kapieren. Und wenn Lukas nicht bei ihm auftaucht, um ihn abzuholen, hat der Freund zumindest einen Hinweis. Sie waren ja tatsächlich mal alle zusammen hier. Als es schon eine Disco war und sie nicht reingelassen worden sind. Nur die Mädchen durften.

Bennie ist schlau, der wird eins und eins zusammenzählen. Oder zurückverfolgen, von wo die Nachricht kam. Obwohl das vielleicht auch die Bullen hinkriegen könnten. Mist, daran hätte er vorher denken müssen! Jetzt ist es zu spät.

Aber warum sollten sie? Es ist nur eine belanglose Nachricht, versucht sich Lukas zu beruhigen.

Die Stimmen von oben werden lauter. Er dreht den Computer zurück und macht ein paar Schritte in den Raum hinein, bis er die Glaskanzel sehen kann. Sie streiten sich, das ist eindeutig. Der Typ gegen Marie. Oder umgekehrt. Sie sind so laut, dass Lukas fast alles verstehen kann. Und das reicht, um sich auch den Rest zusammenzureimen.

»Wir haben immer gesagt, keine Gewalt! Sitzstreiks ja, Straßen blockieren, Plätze, alles richtig. Aber wenn die Bullen ... lassen wir uns wegtragen. Aber es gibt keine Gewalt von unserer Seite, weder gegen ... noch gegen Menschen. Wir ... Gewalt führt immer zu Gegengewalt, zu Autoritarismus, zum Faschismus!«

»Das ist vorbei, Marie! Non violence war gestern! Das können wir vergessen ... Nicht wir haben damit angefangen, sondern die .... Sie hören nicht zu, sie tun nichts, sie ignorieren einfach, was ihnen mittlerweile jeder Wissenschaftler vorhergesagt hat. Und stattdessen rücken sie mit ihren Wasserwerfern an. Wir müssen einen Schritt ... wir sind zu nett, zu anständig, zu wohlerzogen. Sich mit Bullen prügeln tut man nicht und so was. Und man schnappt sich auch keinen von denen da oben, die dafür verantwortlich sind, dass alles den Bach runtergeht … Lass uns unsere Scheu, unsere gute Erziehung, den ganzen Scheiß …«

»Hör auf! Das mache ich nicht. Dann bin ich draußen!« Marie dreht sich abrupt zur Tür und reißt sie auf. Als der Typ sie am Arm packt und zurückzieht, denkt Lukas im ersten Moment, er will sie schlagen. Aber dann drängt er sich nur an ihr vorbei und brüllt von der obersten Stufe zu Lukas hinunter: »O. k., pass auf! Stell dir eine Moschee voller Menschen vor, oder eine Synagoge, völlig egal, und jetzt irgend so ein hirnverbranntes Arschloch, das sich vorgenommen hat, so viele Menschen umzubringen wie noch kein anderer, und da schwer bewaffnet reinstürzt und wahllos rumballert. So, die Sache ist klar, oder? Keiner wird davonkommen. Das Einzige, was die Leute da noch machen können, ist beten! Auf ein Wunder hoffen, das aber nicht kommen wird, das weiß jeder. Waiting to die, mehr ist nicht drin. Und genau in dem Moment, in dem das allen klar wird, entscheidet sich einer, dass er noch nicht sterben will. Er hat keinen Bock dazu, das ist alles, es passt ihm heute gerade mal nicht in den Kram. Also springt er auf, stürzt sich auf das Arschloch, entwaffnet ihn, ringt ihn nieder, nimmt ihn in den Schwitzkasten, drückt ihm die Luft ab und hält ihn fest, bis …«

Vin Diesel verzieht unwillig den Mund. Als hätte er sich gerade in eine Sackgasse manövriert, denkt Lukas. »Was weiß ich, bis die Polizei kommt und ihn abführt, damit ihm der Prozess gemacht wird, irgendwie so was. Ist aber auch egal, wichtig ist nur das, was passiert ist: Jemand hat sich gewehrt! Und das ging nur mit Gewalt, sonst wäre nämlich überhaupt nichts passiert und alle …« Er fährt sich mit der flachen Hand über den Hals. »Kapierst du, was meine Frage an dich ist?«

Lukas nickt. »Klar. Ob ich der sein will, der zwangsläufig jeden Moment sterben wird, oder der andere, der sich und die Übrigen im Raum rettet.«

»Und zwar mit Gewalt, weil es gar nicht anders geht.«

Vin Diesel dreht sich zu Marie: »Es gibt nur eine Antwort.« Er geht zurück in die Glaskabine und zieht wieder die Tür hinter sich zu. Als hätte er bereits vergessen, dass Lukas immer noch unten steht.

Jetzt reden sie leiser miteinander. Es sieht aus, als würden sie abstimmen. Drei zu eins. Die Rothaarige zögert noch. Dann hebt auch sie die Hand. Einstimmig. Was auch immer sie da gerade entschieden haben.

Nacheinander poltern sie die Eisentreppe hinunter. Marie schaltet den Computer aus.

»He, ich bin auch noch da!«, bringt sich Lukas in Erinnerung. »Was habt ihr vor? Was machen wir jetzt?«

»*Wir* machen gar nichts«, erklärt Vin Diesel. »Du

bleibst schön hier. Wir holen dich später ab, wenn wir ein paar Sachen erledigt haben, von denen du nichts wissen musst.«

»Hä? Was soll das heißen? Nee, warte mal, ich will mitmachen! Marie!«

Marie schüttelt den Kopf.

»Scheiße, Leute!«, regt sich Lukas auf. »Seid ihr bescheuert? Wollt ihr mich hier etwa einsperren? Aber wieso, ich meine … Dann lasst mich wenigstens laufen! Ich verrate euch nicht, das ist ja wohl klar.«

»Du bleibst hier«, wiederholt Vin Diesel. »Wir können nicht riskieren, dass du uns noch mal dazwischenfunkst. Zwei, drei Stunden, dann kommen wir zurück.«

»Das meint ihr jetzt nicht ernst, oder?«

Lukas bekommt keine Antwort. Aber als er einen Schritt auf die Eisentür zumacht, die nach draußen führt, stehen sie plötzlich zu viert vor ihm und versperren ihm den Weg – wie eine Mauer.

»Mach es nicht noch komplizierter«, sagt Marie leise. Und ohne ihn anzublicken. »Ist noch genug zu essen da. Auch Marmelade. Selbst gemacht, solltest du unbedingt probieren. Was zu lesen liegt auch rum.«

Lukas tippt sich an die Stirn. »Mein Handy?«, fragt er dann, obwohl er die Antwort schon kennt.

»Haha«, macht Vin Diesel nur.

Dann sind sie durch die Tür und weg. Lukas hört,

wie sie ihn einschließen. Dann ist wieder Stille, nur eine Amsel singt irgendwo draußen.

»Scheiße!«, brüllt Lukas und verpasst dem Stuhl vor sich einen Tritt, dass er umkippt und scheppernd über den Fußboden rutscht. »Scheißtypen! Scheiß-Marie! Scheiß auf euch, ihr Arschlöcher!«

Er fühlt sich so elend, dass ihm fast übel ist. Und er ist kurz davor loszuheulen! Er ist wütend und fühlt sich ungerecht behandelt und verarscht und nicht ernst genommen und … Wenn er jetzt sein Handy hätte, würde er die Bullen rufen. Nein, Quatsch, würde er natürlich nicht. Aber trotzdem, sie hätten es echt verdient, dass ihnen mal jemand zeigt, wo es langgeht. Sie sind schließlich nicht die Einzigen, die … »Ach, Scheiße, leckt mich doch alle.«

Er stößt ein gequältes Lachen aus. Dann wiederholt er mit verstellter Stimme, was Marie gesagt hat. »Was zu lesen liegt genug rum. Und es gibt Brot und Marmelade, selbst gemacht, musst du unbedingt probieren!« Was sollte das? Als ob er jetzt Hunger hätte! Scheiß auf deine selbst gemachte Marmelade, Marie.

Er wirft einen Blick zu dem Tisch hinüber, auf dem das Zeug steht. Er erinnert sich jetzt, dass Marie da vorhin kurz war. Nachdem sie die Computer ausgeschaltet hatte. Damit er ohne Passwort gar nicht erst den Versuch zu machen braucht, ins Netz zu kommen …

Ohne selbst richtig zu wissen, wieso, macht er ein paar Schritte, bis er an dem Tisch ist: *Erdbeer/Ingwer* steht in sorgfältig gemalten Buchstaben auf dem Etikett am Marmeladenglas. Erst als Lukas das Glas hochnimmt, sieht er den Schlüssel, der darunter liegt.

18.
Climate terrorism is on the horizon

Lukas redet mit Bennie. Bennie hat eine Idee. Er zeigt Lukas, was er auf Facebook gefunden hat.

Ein Handwerker hat ihn mitgenommen. Ein Malermeister mit einem RAM. Schwarz natürlich. Mattschwarz mit goldenen Speichenfelgen. So ein Teil, das aussieht, als wäre gerade der Drogenboss aus irgendeinem Hollywoodfilm unterwegs, um zu kontrollieren, ob seine Killer auch wirklich alle Dorfbewohner abgeknallt haben.

Der Typ wollte natürlich wissen, was Lukas da an der Landstraße zu suchen hatte.

»Motorroller ist im Arsch«, hat Lukas geantwortet. »Eine Vespa. Ein Stück weiter zurück. Hab sie auf einen Parkplatz geschoben und da erst mal abgestellt.«

Woraufhin der Typ sofort umdrehen und die Vespa aufladen wollte! Immer blöd, wenn Drogenbosse eine freundliche Seite haben. Und das Gleiche gilt eindeutig auch für Malermeister mit dem falschen Auto.

»Geht nicht«, hat Lukas behauptet. »Ist die Vespa von einem Kumpel. Und ich hab ihm schon Bescheid gesagt, wahrscheinlich ist er schon unterwegs, um das Ding da abzuholen.«

Nicht allzu schlau, aber der Malermeister hat es geschluckt. Ohne sich zu wundern, warum Lukas dann nicht einfach auf seinen Kumpel wartet. Aber vielleicht denken Hilfs-Drogenbosse auch einfach in anderen Dimensionen.

Der Typ hat Lukas jedenfalls bis in die Stadt mitgenommen. Lukas hat von einer der wenigen Telefonzellen, die es noch gibt, seine Mutter angerufen. Um zu sagen, dass er erst irgendwann nachts nach Hause kommt. Sind ja Ferien. Seine Mutter hat ihn gebeten, vorsichtig zu sein, egal was er machen würde: »Pass auf dich auf, Lukas, es geht so schnell, dass irgendwas passiert.«

»Woran genau denkst du gerade, Mama? Drogen, Alk, Frauen?«

»Ach, hör doch auf! Du immer mit deinen Sprüchen. Ich weiß doch, dass ihr da irgendwas ausheckt, du und deine Freunde. Wegen der Klimakonferenz morgen, das meine ich. Mach bitte nichts, was dir hinterher leidtut. Halt dich am besten aus allem raus.«

»Oh, kapiert. Keine Bullen verhauen und so, versprochen. Ich rede auch noch mal mit den anderen, vielleicht bleiben wir einfach alle zu Hause und machen gar nichts. Du hast schon recht, Demos sind auch ganz schön anstrengend. Ist leichter, einfach abzuwarten, bis uns der ganze Dreck endgültig um die Ohren fliegt. Papa und du seid ja das beste Beispiel dafür, dass man ganz gut zurechtkommt, wenn man so tut, als ob alles in Ordnung wäre.«

Seine Mutter hat aufgelegt, ohne noch etwas zu sagen. Und Lukas ist zu Bennie. Bennie hat ihm natürlich erst mal haarklein erzählt, wie er es geschafft hat, die Bullen loszuwerden. Die Bullen, die nur wieder aufgetaucht waren, weil der Jüngere unbedingt recht behalten wollte. Dass es doch Kühe auf der Weide waren und keine Bullen. Womit klar war, dass mit dem Bauernlümmel im Rollstuhl und seinem Kumpel irgendwas nicht stimmen konnte.

»Hab behauptet, wir hätten die beiden Typen auf ihren Pferden nur so aus Spaß ein bisschen ausgetrickst. Weil wir mal sehen wollten, ob es klappt. Quasi als Test, wie gut sie wirklich sind. Na ja, und du hättest dann Durchfall gekriegt und wärst alle paar Meter im Gebüsch verschwunden. Und dass ich annehme, du hast Panik bekommen, als du die Bullen am See gesehen hast, und bist einfach abgehauen. Hab noch eine Weile auf dich geschimpft, dass es typisch für dich wäre, voll unzuverlässig, und so. Und ich, das arme Schwein im

Rollstuhl, bin sowieso immer der, der verarscht wird. Keine Ahnung, was sie mir davon geglaubt haben, waren aber ziemlich nervös. Vor allem als dann jede Menge Kollegen auftauchten. Die Funkgeräte haben dauernd geknattert und jeder hat irgendwas anderes gebrüllt. Mich haben sie voll vergessen dabei. Bin also ganz langsam zurück zum Teerweg gefahren und hab mich verdünnisiert. War ein Scheißweg bis nach Hause, das kannst du mir glauben. Hier, guck's dir an!« Er hält seine geschwollenen Handflächen hoch. »Und jetzt du! Du hast sie abgehängt?«

Lukas nickt nur. Er weiß gerade nicht, was oder wie viel er Bennie erzählen soll. »Sie sind sogar mit Hunden hinter mir her«, sagt er dann. »Hab echt Schiss gehabt. Aber irgendwie hat es geklappt. Bin über so eine Pferdewiese weg, quer rüber, das hat mir genug Vorsprung verschafft, weil die Hunde da natürlich ...«

»Ich hab noch was gehört«, unterbricht ihn Bennie. »Bei dem Funkverkehr von den Typen da. Große Aufregung, weil sie im Wald irgendwas gefunden haben, direkt an der Rückseite vom See.« Bennie blickt ihn fragend an. »Jetzt rede schon, Mann! Das bist du mir schuldig!«

Lukas zuckt mit den Achseln und grinst. Als hätte er sich die ganze Geschichte ohnehin nur aufgehoben, um noch eine Überraschung für Bennie zu haben. »Okay, pass auf, in Kurzform! Ich bin da voll in eine Aktion von OFF reingeplatzt.«

Jetzt ist es eigentlich auch scheißegal. Bennie ist schließlich sein bester Freund. Und es stimmt schon, wenn er sagt, dass er ein Anrecht darauf hat, alles zu hören. Lukas ist ja für ihn auch so was wie Augen und Ohren für die Sachen, die Bennie wegen seiner Beine nicht selber erleben kann …

Eine Viertelstunde später sagt Bennie: »Ich fasse es immer noch nicht. Und echt mit Marie? Irre! Aber du hast keine Ahnung, was sie jetzt vorhaben?«

»Irgendwas, was … weitergeht als die Aktionen bisher. Da war der Streit, den sie hatten. Es ging um Gewalt. Oder Nicht-Gewalt. Ich weiß nicht, wofür sie dann abgestimmt haben. Und ich habe auch keine Idee, was sie vorhaben könnten. Ist scheiße gelaufen, dass ich ihnen da voll reingeplatzt bin in die Aktion am See.«

»Das konnte keiner wissen. Wenn Marie dir mal was gesagt hätte, wäre es auch nicht passiert. Ist also nicht deine Schuld.«

»Trotzdem scheiße.«

»Ich habe da übrigens eine Idee«, platzt Bennie raus. »Kannst du deinen neuen Freunden ja bei Gelegenheit mal erzählen. Wäre vielleicht was für sie. Willst du hören?«

Klar, dass Bennie nur ablenken will. Und Lukas ist dankbar für jede Ablenkung.

»Klar.«

»Also pass auf, es geht um SUVs. Sind ja die größten Dreckschleudern überhaupt, aber solange die Autoindustrie die Scheißkarren baut, so lange werden die Leute sie auch haben wollen. Also müssen wir es so drehen, dass keiner mehr so ein Ding kauft. Ist doch ganz einfach: Wenn die Kunden fehlen, kapiert die Autoindustrie, dass sie sich was anderes überlegen müssen. Also im besten Fall: Die Leute lehnen es ab, weiter klimaschädliche Dreckscheiße zu kaufen. Die Industrie fängt an, auf nachhaltige Produkte umzuschwenken. Die Politik fördert nur noch grüne Innovation. Alles klar?«

»Nicht so ganz«, gibt Lukas zu. »Ich meine, müsste nicht die Politik den ersten Schritt machen? Und die Industrie zwingen? Und damit zwangsläufig … Ich meine, von alleine werden die Leute kaum was ändern, oder? Wie soll das denn aussehen, dass sie zum Beispiel keine SUVs mehr kaufen?«

Bennie grinst, als wäre er der große Magier, der jetzt ein Ass aus dem Nichts zaubert.

»Wenn in jeder Großstadt nur fünfzig Leute losziehen und jede Nacht nur vier SUVs erwischen, bei denen sie schön ordentlich den Lack zerkratzen, die

Reifen zerstechen, die Scheiben einwerfen, dann sind das in nur einem Monat schon mal 6000 SUVs! Und glaub mir, irgendwann hat keiner mehr Lust, so ein Ding zu besitzen. Weil das viel zu sehr nervt, weil dann die Versicherungen nicht mehr zahlen wollen, womit es echt teuer wird, einen SUV zu haben. Es nervt, und es wird teuer, da hat keiner Bock drauf!«

»Das ist deine Idee?« Lukas tippt sich an die Stirn. »Eher doof, oder? Das klappt doch sowieso nicht. Und außerdem ...«

»Macht man so was nicht? Autos zerkratzen? Ein bisschen Vandalismus? Gehört sich nicht, schon klar, dazu sind wir zu anständig, auch klar. Nur dass die anderen leider nicht anständig sind und uns mal eben unsere Zukunft plattwalzen mit ihren Luxuspanzern.«

Für einen Moment muss Lukas an die Worte von dem Möchtegern-Vin-Diesel bei OFF denken. Er hat was ganz Ähnliches gesagt! Und vielleicht hat Bennie ja sogar recht. Aber trotzdem ...

»Hier, ich zeig dir was!« Bennie dreht seinen Stuhl zum Schreibtisch und fährt den Computer hoch. »Hab ich vorhin gerade gesehen. Sie wollen da das absolute Super-SUV bauen! Geländewagen für die ganz Reichen. Basiert auf dem Audi Q7, 12 Zylinder, 610 PS, knapp 200.000 Euro. Und schon über 6000 Blindbestellungen. Aber auch da gibt es ein paar gute Leute!

Und die blockieren seit ein paar Tagen die Zufahrt zum Werk, wo übrigens auch der Touareg gebaut wird, aber egal, die haben da jedenfalls alles dichtgemacht und nerven gewaltig. Schöner Satz von ihnen, mit dem sie auch ordentlich die Presse aufgemischt haben, ich lese es dir vor … Hier! ›Wenn die Besitzer von SUVs als eigene Nation gezählt würden, wären sie heute schon auf Platz 2 im weltweiten Ranking der schlimmsten CO_2-Verursacher!‹ Nicht schlecht, was? Aber warte, ich will dir eigentlich was ganz anderes zeigen, damit du mal wegkommst von deiner Idee von Anstand und was man tut und was nicht. Die Leute da, die gerade das Werk blockieren, machen nichts, als ein bisschen den normalen Ablauf zu stören und darauf hinzuweisen, was los ist. Fakten, die jeden zum Nachdenken bringen müssten, nichts weiter. Und jetzt lies dir mal die Kommentare durch, die dazu auf Facebook auftauchen. Lies selber, ich kann es nicht mehr sehen.«

Er dreht den Computer so, dass Lukas direkt auf den Bildschirm blickt.

- Wie wär's denn mal mit ordentlich was lernen? Aber ihr könnt ja nur rumlabern und andere belehren.
- Arbeitet lieber!
- Die können nur immer irgendwas fordern und Schule schwänzen. Arbeiten sollen die anderen!

- Die machen alles kaputt! Zertreten den Rasen und lassen ihren Müll liegen.
- Hört einfach auf zu atmen, ihr Klimaschädlinge! Bei jedem eurer Atemzüge verhundertfacht ihr den CO_2-Anteil von 0,04 auf 4 %. Das ist völlig verantwortungslos.
- Wer nix kann und wer nix ist, wird Klimaaktivist!
- Warum verschwendet ihr eure Zeit mit Zelten? Anstatt mal was zu tun und den Menschen zu helfen, die durch den angeblich so fatalen »Klimawandel« alles verloren haben?
- Genau! Holt euch Schaufeln und packt an! Aber das kriegt ihr nicht hin. Ihr seid nur gelangweilte Wohlstandskids!
- Gibt's keine Ferienjobs mehr? Kauft euch 'ne Rikscha und fahrt mich zur Arbeit, das spart CO_2. Dann lass ich auch meinen Q7 stehen.
- Wenn ihr was besetzen wollt, kauft euch gefälligst einen Acker, wo ihr keinen stört.
- Was für ein Schwachsinn! Kaum wird es warm, macht ihr Camping. Ihr bleibt doch höchstens, bis es nachts kalt wird, ihr Weicheier!
- Weil freitags immer nur Schule schwänzen langweilig wird, nervt ihr jetzt noch mehr rum und spielt euch als Weltretter auf. Ich kann euch nur auslachen! Und wenn ich einen von euch in den Büschen

sehe und beim Kacken erwische, dann war's das für den.

- Liebe Fridays-for-Future-Gang! Danke, dass ihr so schön demonstriert. Das hilft! Ihr könntet aber auch mal eure verwöhnten Hintern in ein Krisengebiet schaffen. Zupacken hat noch keinem geschadet.
- Wenn ich deren Eltern wäre, würde ich sie alle wegsperren. Erziehungslager!
- Ihr macht die Autoindustrie platt und nehmt den Menschen ihre Arbeitsplätze weg. Aber gegen die Kreuzfahrtschiffe, die mit Schweröl fahren, tut ihr nichts, ihr Kasper!
- Auf die Idee kommen diese Deppenkinder nicht.
- Na, wie viel Klima habt ihr denn schon gerettet? Oder noch gar keins, weil man Klima gar nicht retten kann. Kapiert ihr aber nicht, weil ihr sogar dazu zu blöd seid.
- Vielleicht geht ihr mit euren Klimazelten mal in ein Katastrophengebiet. Da seht ihr nämlich, dass Hilfe nur mit Verbrennungsmotoren zusammen mit Muskelkraft funktioniert.

19.
A world on fire

Marie ist nicht zu erreichen. Lukas fährt zu ihr nach Hause. Marie hat ihm eine Nachricht hinterlassen.

Vielleicht ist Bennies Idee mit den SUVs doch nicht so schlecht, denkt Lukas, nachdem er die Kommentare auf Facebook gelesen hat. Macht kaputt, was euch kaputt macht. Fand er eigentlich immer blöd, den Song. Hat sich deshalb auch mit Hendrik gestritten. Sachen zerstören und irgendwas abfackeln ist nicht sein Ding. Barrikaden aus qualmenden Müllcontainern oder umgestürzte Autos, aus denen meterhoch die Flammen schlagen, das macht ihm Angst. Das mit den Jägerhochsitzen ist was anderes. Das zählt nicht wirklich. Ist eher so was wie ein Streich. Mutprobe. Besser erklären kann er es auch nicht.

Sicher ist nur, dass es alles nichts bringt. Weil die Leute den Zusammenhang nicht hergestellt kriegen. Andererseits ist das vielleicht auch gar nicht nötig.

Wenn Bennies Idee klappen würde, wäre es völlig egal, ob die SUV-Fahrer kapieren, worum es überhaupt geht. Wichtig wäre ja nur, dass sie ihre Monsterkarren nicht mehr haben. Egal weshalb. Und wenn dann deshalb auch keine mehr produziert werden, hat das Ganze sehr wohl was gebracht.

Natürlich weiß Lukas, dass er gerade nur so reagiert, weil er … empört ist. Er versteht es einfach nicht. Er versteht nicht, woher die Wut und der Hass kommen, die in den Kommentaren deutlich werden. Als wären es tatsächlich die Demonstranten oder die Klimacamp-Leute, die die Welt gefährden. Als ginge es nur darum, die Leute loszuwerden, die was ändern wollen. Sie zum Schweigen zu bringen. Leute wie ihn. Als wäre alles wieder in Ordnung, wenn keiner mehr sagt, dass es nicht in Ordnung ist.

Empört ist das falsche Wort. Er ist nicht empört. Er ist angepisst, sauer, er möchte am liebsten laut losschreien, ihnen allen die Meinung sagen, sie anbrüllen, bis es auch der Letzte gehört hat.

Er fühlt sich verraten. Und angegriffen! Als würde ihn jeder Satz und jedes Wort, das er gerade gelesen hat, persönlich betreffen. Tut es ja auch, denkt er. Wir können ihnen alle Fakten aufzählen, die die Wissenschaft schon lange immer wieder veröffentlicht. Aber es interessiert sie gar nicht. Es interessiert sie auch nicht, dass die Katastrophen nicht mehr nur weit weg irgendwo in Amerika, Afrika, Asien passieren, sondern immer näher rücken. Dass es uns längst alle betrifft. Sie behaupten trotzdem, dass es nichts damit zu tun hat, wie wir leben. Und nur einen Gedanken kennen: mehr, mehr, mehr!

Aber wenn ein paar Leute die Schule schwänzen, um deutlich zu machen, was los ist, dann flippen sie aus.

»Macht kaputt, was euch kaputt macht«, sagt er laut.

»Geht klar«, meint Bennie. »Ich bin dabei.«

Sie klatschen sich ab.

»Ich brauche ein Handy«, sagt Lukas dann.

Bennie kramt einen Moment in der Schublade.

»Hier. Funktioniert noch einwandfrei. Ist von meiner kleinen Schwester, als sie auf Pferde stand. Siehst du ja. SIM-Karte habe ich auch für dich, warte, muss hier irgendwo sein …«

Lukas nimmt das Teil mit den galoppierenden Ponys aus der Schutzhülle und wartet, bis Bennie ihm den Plastikstreifen mit der Sim-Karte über den Schreibtisch schiebt.

«Was hast du vor?«

»Weiß ich noch nicht. Ich melde mich.«

Lukas will vor allem allein sein, das ist alles, was ihn gerade interessiert. Allein sein. Über den ganzen Scheiß gründlich nachdenken. Und mit Marie reden. Klar, passt nicht zusammen. Aber das ist egal.

Er muss einen Moment fummeln, bis er das Handy einschalten kann. Marie nimmt den Anruf nicht an. The person you have called is momentarily not available. Er wartet nicht bis zum Piepton, um eine Nachricht aufzusprechen. Schiebt das Handy in die Tasche und läuft los. Nicht wirklich Parkour, aber kürzester Weg. Ein, zwei Mauern, ein Scheiß-Eisengitter, quer über die Schnellstraße. Hält dem Idioten, der ihn gerade anhupt, den ausgestreckten Mittelfinger hin. Im Weiterlaufen, ohne sich noch einmal umzublicken.

Dann ist er da. Er war erst einmal bei Marie zu Hause. Irgendwie war immer klar, dass sie das lieber nicht will. Er kennt auch ihre Eltern kaum. Die Mutter gar nicht. Den Vater hat er nur einmal kurz gesehen.

Aber der Typ mit den silbergrauen Haaren und der Kippe im Mundwinkel erkennt ihn sofort wieder.

»Ist Marie da?«, stammelt Lukas. »Äh, ich meine, Entschuldigung, ich muss sie was fragen. Ist sie da?«

Blödes Gestammel, aber der Typ macht ihn nervös. Es sind seine Augen, denkt Lukas, er hat dieselben Augen wie Marie. Derselbe spöttische Ausdruck, als wüsste er schon alles. Als wäre Lukas nur ein dummer Junge, der nicht durchblickt.

»Marie war nur kurz hier, ist gleich wieder weg.«

»Und Sie wissen nicht zufällig, wohin … Ich meine, hat sie gesagt …«

»Wohin sie ist? Nein. Aber ich soll dir was geben, warte.«

Er lässt Lukas in der Tür stehen. Lukas hört, wie er mit jemandem redet. Dann kommt er zurück und streckt Lukas das Smartphone hin, das ihm die OFF-Leute abgenommen haben.

»Vielleicht hilft dir das weiter.«

Lukas hat das Smartphone noch kaum in der Hand, als Maries Vater »Pass auf dich auf« sagt und die Tür schließt.

Haha, denkt Lukas, was soll das denn nun wieder?

Er läuft erst noch die Treppe runter, bevor er Maries Nachricht liest.

Es tut mir leid, Lukas, dass es so gekommen ist. Ich wollte das nicht. Aber ich kann dir im Moment noch nicht mehr sagen. Ich erkläre es dir, wenn alles vorbei ist. Bitte mach so lange nichts. Das ist wichtig.

Und das war's. Natürlich versucht er dann auch wieder vergeblich, sie anzurufen. Aber das war ja sowieso schon klar.

Und es hilft auch nichts, dass er ihre Nachricht immer wieder liest. Vor allem dieses »wenn alles vorbei ist« kapiert er nicht. Was meint sie? Was haben Marie und die anderen Leute vor? Es muss etwas mit der Klimakonferenz am nächsten Tag zu tun haben …

Die meiste Zeit des Abends verbringt Lukas damit,

im Netz zu surfen. Bis er so müde ist, dass der Bildschirm vor seinen Augen nur noch flimmert. Und am nächsten Morgen fühlt er sich immer noch scheiße. Vor allem als nach wie vor keine neue Nachricht von Marie gekommen ist.

Um zehn soll die große Demo sein. Er will gerade los, als er hört, wie seine Mutter das Radio in der Küche lauter stellt. Irgendeine Sondernachricht zur Klimakonferenz.

»... begann mit einem Pressefrühstück auf der Terrasse des Wellnesshotels. Die Teilnehmer der Konferenz sind allerdings nicht vollzählig, Ministerpräsident Martin Wolf ist noch nicht am Tagungsort eingetroffen. Zunächst hieß es, dass er sich sicher aufgrund des starken Berufsverkehrs verspätet habe, mittlerweile jedoch scheint es Hinweise zu geben, dass hier womöglich ein Zwischenfall passiert ist, der die Polizei auf den Plan gerufen hat. Mehr ist zum jetzigen Zeitpunkt nicht zu erfahren, wir melden uns wieder, sowie wir neue Informationen haben ...«

NO MORE EMPTY WORDS!

Die Abstände zwischen den Flutkatastrophen, Hurrikans, Hitzewellen, Dürren und Waldbränden werden immer kürzer.

Europas Staats- und Regierungschefs müssen endlich reagieren, um das katastrophale Überschreiten der Klimakipppunkte noch zu verhindern.

Wenn wir die ökologische Zerstörung nicht stoppen, geraten wir in immer neue Krisen, die sich gegenseitig verstärken. Alles hängt miteinander zusammen! Schon in wenigen Jahren wird es zu Konflikten um knappe Ressourcen, zu politischer Destabilisierung und gigantischen Migrationsbewegungen kommen. Und mit jedem Jahr der Untätigkeit wachsen die Kosten zur Rettung der Erde um mehrere Billionen Dollar!

Es gibt kein »Recht« auf Flugreisen, Rinderbraten oder ungebremsten Konsum. Es muss endlich Schluss sein mit dem Anspruchsdenken. Jeder von uns kann und muss etwas tun, um die Krise nicht eskalieren zu lassen. Aber wir werden das Problem nicht nur zu Hause und im Einkaufszentrum lösen. Unsere derzeitiges System ermöglicht kein wirklich nachhaltiges Leben.

Deshalb ist die grundlegende Veränderung des Wirtschaftssystems notwendig. Und dafür brauchen wir politische Entscheidungen.

MAKE CAPITALISM HISTORY. ACT NOW.

Denkt dran, es wird nicht von alleine passieren! Tut was. Zwingt die verantwortlichen Politiker, euch zuzuhören. Fordert sie auf zu handeln, statt weiterhin leere Versprechungen zu machen!

20.
Rise up, guys!

Lukas fährt nicht zu Bennie, um ihn zur Demo abzuholen. Er macht wieder einen Alleingang. Marie ruft ihn an.

Die Botschaft ist in allen sozialen Medien. Eigentlich nichts Neues, was da steht. Bis auf diesen letzten Satz. *Zwingt die Politiker, euch zuzuhören* und so weiter. Das *zwingt* ist es, was plötzlich eine ganz andere Bedeutung bekommt, wenn man es im Zusammenhang mit der Sondermeldung im Radio sieht, denkt Lukas. Und mit dem Streit, den er gestern bei den OFF-Leuten mitbekommen hat. Mit dieser Frage von Vin Diesel an ihn, was er zu der Geschichte von dem Überfall auf die Moschee oder Synagoge sagt. Die Frage, ob man Gewalt mit Gewalt beantworten darf.

Und stimmt ja, dass alles Nicht-Entscheiden und Nicht-Handeln der Regierungen eine eindeutige Bedrohung ist. Eine Bedrohung für unser Leben, denkt Lukas. Genau darum geht es! Aber wenn nichts passiert, egal was wir sagen oder tun, dann gilt das alles nicht mehr, keine Gewalt und so. Ist das wirklich damit gemeint, mit dem *zwingt die Politiker*? Und *Tut was! Von alleine wird es nicht passieren!* Trotzdem, irgendwie kann er sich nicht vorstellen, dass die OFF-Leute jetzt wirklich …

Sein Handy klingelt. Nicht das Smartphone, sondern das Pony-Teil von Bennies Schwester.

»Wo bleibst du, Mann? Ich hänge hier rum und warte auf dich! Oder hast du vergessen, was heute für ein Tag ist? Stichwort Klimakonferenz! Klingelt da irgendwas bei dir?«

»Ja, Bennie, schon gut, weiß ich alles. Ich wollte gerade los, als im Radio …«

»Kapiert. Du hast es also schon gehört.«

»Und ich hab den Text im Netz gelesen, den Aufruf zur Demo.«

»Hab ich gerade vor mir, ja, ist mir auch sofort aufgefallen, aber glaubst du echt, dass es das bedeutet, woran wir denken?«

»Eigentlich nicht. Obwohl andererseits …«

»Ja, nein, definitiv vielleicht … Mann, du nervst! Mal Klartext: Ich glaube nicht. Ist ja auch nur die Rede davon, dass der Ministerpräsident nicht aufgetaucht ist, das kann sonst was bedeuten. Auf jeden Fall heißt das noch lange nicht, dass … Hast du was von ihr gehört? Du weißt schon, wen ich meine.«

»Nein, nichts. Aber sie ist nicht zu Hause, ich war da.«

»Okay, muss aber auch nichts heißen. Also, was ist jetzt? Kommst du? Damit wir zur Demo können!«

»Gib mir noch ein bisschen Zeit. Stunde oder so. Ich habe gerade eine Idee, ich will was überprüfen.«

»Mann, du nervst aber echt! Ich weiß nicht, ob ich Bock habe, so lange zu warten. Jaja, ist schon gut, reg dich nicht auf. Ich warte! Kommen wir eben später zur Demo. Aber dann will ich auch was hören von dir! Ich muss da noch was überprüfen«, macht er Lukas nach. »Ich bin gespannt!«

Lukas hat das Gespräch kaum beendet, als es wieder klingelt. Diesmal ist es sein Smartphone. Und es ist auch nur eine SMS. Hendrik und die anderen wollen wissen, was los ist. *Wo bleibt ihr? Ganz gut was im Gange hier. Schickt eine Nachricht, wenn ihr da seid, damit wir euch finden.*

Lukas schiebt das Smartphone in die Tasche, ohne zu antworten. Als er sich aus der Wohnung schleicht, ist seine Mutter gerade dabei, ihren Smoothie zu mixen. Heute mal Grünkohl, Orange, Banane, Ingwer, Mineralwasser. Der Mixer ist so laut, dass sie gar nicht mitkriegt, wie Lukas die Tür hinter sich ins Schloss zieht.

Dann holt er sein Fahrrad aus der Garage. Und dann

rast er los. Auf der falschen Seite und bei Rot über die nächste Ampel und quer über das Blumenbeet am Marktplatz. Einmal kann er nur im letzten Moment noch einen Schlenker machen, sonst hätte irgendein dämlicher Autofahrer ihn glatt gedoort. Zum Glück war die Straße hinter Lukas frei.

Er braucht ziemlich genau eine halbe Stunde. Und als er in den Waldweg einbiegt, ist er klatschnass geschwitzt. Was aber nicht nur damit zu tun hat, dass er gerade kurz davor war, sich das gelbe Trikot zu holen.

Er merkt selber, dass er scheißnervös ist. Und eigentlich rechnet er jeden Moment damit, dass irgendwelche Bullen aus dem Gebüsch springen und ihn vom Rad holen. Sondereinheit zur Terrorbekämpfung, bis an die Zähne bewaffnet. Und alles andere als in guter Stimmung. So wie bei LAPD Swat.

Sie müssen längst da sein. Keiner kommt damit durch, mal eben einen Ministerpräsidenten zu entführen. Egal wie gut du das planst, es läuft nicht. Die Bullen sind dir immer einen Schritt voraus. Und außerdem kommt noch hinzu, dass Marie und die Leute von OFF ja gar keine Zeit hatten, die Entführung zu planen. Wie immer sie es überhaupt hingekriegt haben, sicher ist, dass es eine spontane Aktion war. Und dass sie wahrscheinlich genug Fehler gemacht haben, um den Bullen ihre Arbeit leicht zu machen …

Aber da sind keine Bullen. Weder zwischen den Bäumen noch sonst irgendwo. Als Gestrüpp getarnt oder mit Laub und Ästen auf dem Kopf. Nichts. Keine Bullen und auch sonst niemand. Nur ein Hase, der direkt vor Lukas über den Weg hoppelt.

Es gibt auch keine frischen Autospuren oder irgendeinen Hinweis darauf, dass jemand das Baugitter geöffnet hat. Keine Kippen, noch nicht mal eine leere Coladose oder so was. Und es ist so still, dass Lukas jedes einzelne Auto auf der Landstraße schon hören kann, wenn es noch kilometerweit entfernt ist.

Andererseits ist es ja aber klar, dass sie da im Keller nicht gerade rumbrüllen werden. Oder Party machen. Trotzdem ist die Ruhe unheimlich.

Lukas versteckt sein Fahrrad hinter einem Stapel Holz, der dicht am Zaun gelagert ist. Dann hebt er ein Gitterelement aus dem Betonsockel und drückt sich durch den schmalen Spalt. Sorgfältig zieht er das Metallrohr zurück in den Sockel. Er ist jetzt so nervös, dass er das niedergetretene Gras erst entdeckt, als er schon fast am Gebäude ist. Aber die Spur ist eindeutig. Hier ist jemand langgelaufen. Und zwar vom Zaun zu einem anderen Eingang, den Lukas gestern gar nicht gesehen hat. Aber wo haben sie den VW-Bus versteckt?

Nein, Quatsch, korrigiert er sich gleich darauf selbst, sie sind mit dem Bulli hergefahren, klar, aber sie sind ja nicht blöd. Nicht so blöd jedenfalls. Natürlich haben sie den Bulli gleich wieder weggebracht. Weit genug, um keinen Verdacht zu erregen. So hätte er es jedenfalls gemacht.

Als er die Hand nach der Türklinke ausstreckt, hämmert sein Herz bis zum Hals hinauf. Für den Bruchteil einer Sekunde muss er daran denken, wie sie ihn gestern auf dem Parkplatz an der Pferdewiese überwältigt haben. Vielleicht beobachten sie ihn auch hier schon die ganze Zeit. Nicht die Bullen, die OFF-Leute. Aber auch an der Fassade kann er nirgends eine Kamera oder so was entdecken.

Er zählt bis zehn, dann drückt er die Klinke nach unten. Das ist eine Falle, denkt er noch, als die Tür mit einem leichten Quietschen aufschwingt. Das ist eine Falle, das war's jetzt. Sie wollen ihn testen, ob er sich daran hält, was Marie gesagt hat. Ob sie ihm wirklich trauen können. Und diesmal werden sie mich nicht so einfach wieder laufen lassen, denkt er. Marie wird keinen Schlüssel liegen lassen, mit dem ich mal eben abhauen kann. Sie werden so scheißsauer auf mich sein, dass sie …

Er muss heftig schlucken, als ihm ein ganz anderer Gedanke durch den Kopf schießt. Sie sind gar nicht mehr da! Weil die Bullen sie nämlich längst einkassiert haben. Und jetzt nur darauf warten, wer noch so auftaucht. Wahrscheinlich nur zwei oder drei Mann, die im Keller warten. Er hat das Bild sofort vor sich:

Ein Typ, der vor einem der Computer hockt, mit dem Rücken zur Tür. Hoodie. Und Kapuze überm Kopf. Ist natürlich einer von den Bullen. Lockvogel. Als er hört, wie jemand reinkommt, dreht er sich um und hat eine Waffe in der Hand. Und bevor Lukas noch richtig begreift, was los ist, kommen die anderen beiden, einer von oben, von der Eisentreppe, der andere hat hinter der Tür gestanden. Lukas schreit vor Schmerzen auf, als sie ihm den Arm auf den Rücken drehen und ihn auf die Knie zwingen. Erst auf die Knie, dann mit dem Gesicht auf den Boden …

Lukas ist kurz davor, jetzt einfach umzudrehen und abzuhauen. Er hat keine Ahnung, warum er trotzdem bis zum Ende des Gangs geht. Zwei Türen. Die eine führt zu den Klos. Die andere zu einer Treppe. Und von da geht es weiter zu der Eisentür, an die er sich von gestern erinnert.

Im ersten Augenblick glaubt er, dass er sich doch geirrt hat. Das ist der falsche Raum! Obwohl die Tische und die Stühle da stehen. Und die Glaskanzel mit der Eisentreppe ist auch da. Genauso wie die Graffiti an den Wänden. Aber die Computer sind verschwunden.

Die Campingbox, der Wasserkanister, die Klamotten, die überall rumlagen. Auch die Matratzen sind weg. Als Lukas mit dem Finger über die Tischplatte streicht, auf der gestern das Essen stand, kann er nicht den kleinsten Krümel Brot oder Käse entdecken. Es sieht fast so aus, als hätten sie extra noch alles abgewischt. Erst jetzt riecht er das Reinigungsmittel, Zitrone und noch irgendwas, wovon er plötzlich niesen muss. Als hätten seine Schleimhäute erst reagiert, nachdem das Gehirn den Geruch eingeordnet hatte.

Sein Niesen hallt laut von den Wänden zurück. Als sein Smartphone in der Tasche vibriert, kribbelt seine Nase so sehr, dass er kaum das Display erkennen kann. Und er hat das Gespräch auch gerade erst angenommen, als er schon wieder niesen muss.

»Wo bist du?«, bringt er mit Mühe heraus. »Ich versuche schon die ganze Zeit, dich zu erreichen. Ich bin gerade …«

»Ich muss mit dir reden. Kannst du kommen?«

Maries Stimme ist nicht viel mehr als ein heiseres Krächzen. Als wäre sie vollkommen fertig!

»Ja, klar. Sag mir, wohin!«

Im gleichen Moment hört er ein Knacken. Die Verbindung ist unterbrochen. Und als er die Rückruftaste drückt, ist Maries Handy ausgeschaltet.

21.
After the non-violent movement

Lukas und Bennie finden eine Spur. In den Medien gibt es eine neue Nachricht.

Lukas hat noch vom alten Schwimmbad aus mit Bennie telefoniert.

»Okay«, hat Bennie gesagt. »Du kennst Marie besser als ich, wenn ich das mal so formulieren darf. Also, dann streng mal deine kleinen grauen Zellen an – hat sie irgendwann mal was gesagt, was vielleicht einen Hinweis auf ein Versteck geben könnte? Oder war sie vielleicht mit dir mal … Was weiß ich, in der Gartenlaube von ihren Eltern oder so was, um dir die Sache mit den Blumen und den Bienen zu erklären?«

»Haha!« Lukas kennt Bennie und seine Sprüche ja zur Genüge, aber gerade im Moment nerven ihn Bennies Anspielungen mehr als sonst. »Außerdem sind das ja mehr als fünf, sechs Leute, die zu OFF gehören, wahrscheinlich noch mehr. Warum soll dann ausgerechnet Marie diejenige sein …«

»Hey halt die Luft an, Kumpel! Ist doch ganz einfach: Kennst du sonst noch jemanden von denen auch nur ansatzweise so gut wie Marie? Oder hat dir etwa auch die Rothaarige aus der Parallelklasse ihr Blumenbeet gezeigt? Oder ganz und gar der Vin-Diesel-Verschnitt, von dem du erzählt hast? Na bitte, ich interpretiere dein Schweigen mal als klares ›Nein‹! Und das wiederum bedeutet, dass wir uns auf Marie konzentrieren müssen, weil wir gar keine anderen Anhaltspunkte haben. Kapiert?«

»Ihre Eltern haben keinen Garten«, erwidert Lukas. Er merkt selber, wie genervt er klingt. »Jedenfalls hat sie nichts davon gesagt, reicht dir das? Ihre Oma wohnt angeblich in einem der Hochhäuser mit den Terrassen, du weißt schon, diese neue Siedlung …«

»Wieso angeblich?«

»Weil ich glaube, dass sie gelogen hat. Sie hat nämlich auch mal erzählt, dass ihre Großeltern schon lange tot sind!«

»Scheint ja viel erzählt zu haben, die Dame«, meint Bennie. »Nur leider nicht das, was wirklich interessant gewesen wäre. – Aber okay, vielleicht suchen wir ja wirklich an der falschen Ecke. Ich guck mal, ob ich was über Vin Diesel finde, irgendwo muss er ja auftauchen, deine Beschreibung reicht, um die Profilbilder bei Maries Facebook-Freunden zu checken. Oder ich versuch es über die Rothaarige, Anne, kann das sein?«

»Anna.«

»Anna. A-n-n-a. Von vorne wie von hinten ganz egal, alles klar. Aber apropos egal: Ich würde es ja zu schätzen wissen, wenn du langsam mal wieder hier auftauchst, ist mir nämlich nicht egal, wenn du alleine da den Superhelden geben willst …«

»Gibt es irgendwas Neues über den … Du weißt schon?«

»Nichts, null, niente, nada. Die Konferenz hat ohne ihn angefangen, mehr kriege ich nicht raus. Auch von der Bullenseite kommt nichts. Es gibt ein paar Spekulationen im Liveticker, Norovirus und so, aber erstaunlich wenig bisher und nichts Konkretes. Auf jeden Fall kein Aufreger, wie eigentlich anzunehmen wäre. Da stimmt was nicht, Alter, und zwar ganz und gar nicht, das verrät mir das Kribbeln in den Beinen, die ich nicht mehr habe. – Um zwölf soll die Mittagspause sein, ich denke, spätestens dann wird ja irgendjemand mal nachhaken …«

Lukas ist gerade wieder auf der Landstraße, an dem Parkplatz mit dem Wohnwagen. Dem Wohnwagen mit dem roten Herz im Fenster. Ein Stück entfernt steht ein Mercedes. Mit einem Kindersitz auf der Rückbank. Der Freier will eben aussteigen. Als er Lukas sieht, tut er so, als würde er seine Reifen kontrollieren. Lukas braucht noch einen Moment, bis die Rädchen in seinem Kopf eingerastet sind. Es geht nicht um den Freier. Es geht nicht um den Mercedes. Auch nicht um die Prostituierte im Wohnwagen. Aber sehr wohl um den Wohnwagen!

Diesmal schafft er es in weniger als einer halben Stunde, dann hastet er durch den Garten zu Bennies Hütte.

Früher hat Bennie vorne im Haus gewohnt, oben unter dem Dach. Nach dem Unfall haben sie es erst mit einem Lift versucht, dann ist er für eine Weile in den Hobbyraum im Hochparterre gezogen. Was aber auch nicht viel besser war. Das Gartenhaus war schließlich die Lösung, mit der er am besten klarkam. Früher war es nichts als eine Art Schuppen, jetzt gibt es einen Raum mit einer kleinen Einbauküche auf der einen Seite und Bennies Bett auf der anderen. Und dazwischen Bennies Schreibtisch mit dem PC und allem, was Bennie mittlerweile noch so rumstehen hat. Seine Tablets, seine Festplatten. Neben der Eingangstür ist ein Bad mit Dusche, alles barrierefrei natürlich.

»Ich habe vielleicht was!« Lukas muss erst wieder zu Atem kommen, bevor er weiterreden kann. »Da war mal was, ist mir jetzt erst wieder eingefallen. Sie hat von einem Wohnwagen erzählt, Marie, meine ich, irgendein Onkel von ihr, der das Ding nicht mehr benutzt, aber sie hat einen Schlüssel. Es ging darum, dass sie da auch mal übernachtet hat, war aber blöd, weil der Platz genau an der Autobahn ist. Und ich weiß noch, dass sie gesagt hat, es wäre völliger Blödsinn, wenn ihr Onkel behauptet, man müsse sich nur vorstellen, der Lärm von der Autobahn wäre das Rauschen der Brandung am Meer …«

»Stopp mal, komm zum Punkt!« Bennie dreht den Rollstuhl zum Schreibtisch. »Campingplatz. Wo genau?«

»Keine Ahnung, das hat sie nicht gesagt. Muss aber eher ein verlassener Platz sein, wird nicht mehr benutzt wegen der Autobahn. Und weil der See, der dazu gehört, völlig verschilft ist, nur noch ein Matschloch, das hat sie erzählt, Mücken ohne Ende und nichts mehr mit Baden und …«

Bennie ruft Google Maps auf.

»Kann nicht so weit weg sein von hier«, meint Lukas noch. »Sie ist alleine dahin, ohne ihre Eltern, also entweder Fahrrad oder S-Bahn oder …«

»Hier!« Bennie tippt auf einen Campingplatz, der direkt am Autobahnkreuz liegt. »Kiesteich, mit Restaurant und allem …«

»Passt nicht.«

»Dann hier, auch direkt an der Autobahn.«

Lukas schüttelt den Kopf. »Das kenne ich, du auch, das ist der Campingplatz mit der Badeanstalt daneben, wir waren mal mit Tassilo da. – Was ist das hier?« Er beugt sich vor. »FKK-Gelände Sonnenbad. Ruf mal auf.«

Keine zehn Sekunden später wissen sie, dass sie richtigliegen. »Pech für die Nackten«, liest Bennie einen Zeitungsbericht vor. »FKK-Camping an der Autobahn geschlossen. Stadt sucht neuen Pächter. Da haben wir's. S6 fährt da raus, halbe Stunde oder so, schätze ich.«

Im selben Moment meldet Bennies PC, dass es eine neue Nachricht gibt. Bennie hat den Text kaum aufgerufen, als weitere Meldungen eingehen.

»Mittagspause«, murmelt er vor sich hin. »Wie ich es mir gedacht habe, jetzt haben die Pressefritzen was, woran sie sich festbeißen können. Alles ungefähr der gleiche Wortlaut, scheint der offizielle Kommentar zu sein. Hier, wie Polizeisprecherin Ramona Filthaupt erklärt …«

Bennies Smartphone meldet ebenfalls eine Nachricht. Noch während er die SMS aufruft, rollt er ein Stück zur Seite, um Lukas Platz vor dem Monitor zu machen.

Wie Polizeisprecherin Ramona Filthaupt erklärt, ist Ministerpräsident Martin Wolf (58) seit den frühen Morgenstunden nicht auffindbar. Als sein Chauffeur ihn zum Pressefrühstück der heute und morgen stattfindenden Klimakonferenz fahren wollte, war Wolf nicht zu Hause. Auch auf dem Handy ist er nicht erreichbar. Wolf lebt zur Zeit allein und absolviert jeden Morgen seine Joggingrunden im Stadtwald. Er hatte seinen Personenschützer angewiesen, ihn allein laufen zu lassen. »Nicht das erste Mal«, wie Personenschützer Klaus M. berichten kann. »Er sagt, es irritiert ihn, in Begleitung zu laufen.«

Die Polizei bittet mögliche Zeugen, die Wolf am Morgen gesehen haben, sich umgehend zu melden. Die Suche nach dem Ministerpräsidenten läuft auf Hochtouren. Die Polizei folgt dabei mehreren Ansätzen: Wolf könnte einen Unfall gehabt haben und nicht in der Lage sein, Hilfe zu rufen. Ebenso sei auch eine Entführung denkbar. Allerdings seien bislang keine Lösegeldforderungen oder Ähnliches gestellt worden. Es gebe auch kein Bekennerschreiben.

Zum jetzigen Zeitpunkt der Ermittlungen kann ein Zusammenhang mit einem Interview des Ministerpräsidenten vom gestrigen Abend nicht ausgeschlossen werden. Damit würde für den Fall einer Entführung das linke Spektrum der Klimademonstranten als wahrscheinlicher Täterkreis gelten können.

Wir drucken im Folgenden noch einmal das Statement Wolfs aus dem Interview mit dem regionalen Fernsehsender im Wortlaut ab.

Martin Wolf: »Ich kann im Moment nur sagen, dass vieles, was zur Zeit in den Medien zu lesen ist, unnötiger Panikmache gleichkommt. Natürlich hatten wir in den letzten Wochen teilweise extreme Wetterlagen, aber Hitzeperioden oder starke Niederschläge und Stürme hat es schon immer gegeben. Ich will einen Klimawandel sicher nicht leugnen, wir sollten jedoch genau abwägen, wie wir darauf reagieren, und nicht kopflos eine bewährte Wirtschaftspolitik ändern, die uns Wohlstand und Arbeitsplätze sichert. Wer heute nach extremen gesellschaftlichen Veränderungen ruft, gefährdet alles, wofür wir mit dem Wirtschaftsstandort Deutschland stehen.

Und an die Adresse der selbst ernannten Weltenretter möchte ich noch hinzufügen: Sehen Sie sich doch erst einmal an, welche Erfolge meine Partei im Zusammenhang mit dem Klimaschutz bereits erzielt hat. Wir sind auf dem richtigen Weg, mehr ist aber auch mit meiner Person und unter meiner Regierung nicht drin.«

22.
Point of no return

Lukas findet den Wohnwagen. Seine schlimmsten Befürchtungen werden wahr.

Lukas wird mehrmals von Streifenwagen überholt, die mit Blaulicht an ihm vorüberrasen. Einmal ist es auch ein Zivilwagen, ein schwarzer Passat. Und ein roter VW-Bus mit abgeklebten Seitenfenstern fährt ein paar Hundert Meter lang neben ihm her, Fahrer und Beifahrer tragen Sonnenbrillen, Baseballcaps und Tarnfleck-Shirts, der Beifahrer hält eine Kamera mit langem Teleobjektiv in der Hand.

Lukas ist sich sicher, dass sie ihn jeden Moment stoppen werden. Er kennt den roten Bulli. Sie haben schon Witze darüber gemacht, dass die Karre grundsätzlich bei jeder Demo in irgendeiner Seitenstraße steht. Und zu allem Überfluss auch noch ein offizielles Polizeikennzeichen hat – PD für Polizeidirektion. Manchmal muss man sich tatsächlich fragen, ob es eigentlich noch doofer geht, denkt Lukas. Aber das ändert nichts daran, dass die Bullen weder harmlos noch die Freunde und Helfer von Leuten wie ihm sind. Und »racial profiling« scheint in ihrer Ausbildung ganz oben auf der Liste zu stehen, was sie unbedingt lernen müssen. Das gilt natürlich insbesondere für Tassilo und Aylin, aber auch Lukas passt da ganz gut ins Profil, wie er aus Erfahrung weiß.

Umso irritierter ist er, als der rote Bulli jetzt unvermittelt Gas gibt und weiterfährt, ohne sich noch länger um ihn zu kümmern.

Erst als Lukas bereits auf der Steigung zur Autobahnbrücke ist, wird ihm klar, dass er an dem alten FKK-Gelände gerade schon vorbeigefahren sein muss.

Er stoppt und versucht, zwischen den Büschen hindurch etwas erkennen zu können. Da unten ist eindeutig der Platz, den er sucht. Er zählt drei Wohnwagen und eine verfallene Bretterbude mit einer rot-weißen Schranke, wahrscheinlich die frühere Rezeption. Ein paar Meter weiter ist das gemauerte Toilettengebäude. Den Bulli der OFF-Leute kann er nirgends sehen. Aber vor dem einen Wohnwagen steht Vin Diesel und raucht. Und dann kommt plötzlich auch Marie in sein Blickfeld. Auf einem Rennrad, das sie neben den Eingang zum Toilettengebäude an die Mauer lehnt.

Sie ruft Vin Diesel irgendetwas zu, was Lukas nicht verstehen kann. Der Lärm von der Autobahn ist unbeschreiblich, als würde man direkt auf der Standspur stehen. Und der Geruch nach Abgasen und heißem Gummi beißt in Lukas' Nase. Kein Wunder, dass die Nackten keine Lust mehr auf den Platz hier hatten, denkt er, während er beobachtet, wie Marie an der Bretterbude vorbeiläuft und sich unter der Schranke hindurchbückt.

Vin Diesel zündet sich eine neue Zigarette an. Die dröhnende Hupe eines Lkw übertönt den Motorenlärm und reißt Lukas aus seiner Starre. Als hätte er erst einen Weckruf gebraucht, um wieder reagieren zu können. Mit einem Ruck wendet er sein Bike und rast auf der Brücke zurück nach unten.

Die Zufahrt zum FKK-Gelände ist mit Betonpollern blockiert, davor hat irgendjemand seinen Müll entsorgt, einen Kühlschrank, eine alte Matratze, ein paar prall gefüllte Plastiksäcke. Deshalb ist Lukas einfach vorbeigefahren, wenn man nicht genau weiß, wo man die Zufahrt suchen muss, sieht man sie kaum.

Mit dem Bulli sind sie hier jedenfalls nicht rein, denkt er noch, als er sein Rad über einen der Poller hebt. Dann folgt er dem aufgebrochenen Asphalt, aus den Rissen und Fugen wächst Unkraut, Brombeerranken, eine Birke, die schon fast mannshoch ist.

Jetzt kann er die Schranke und die Bretterbude sehen. Und Marie, die ihn für einen Moment anstarrt, als wäre sie sich nicht ganz sicher, ob ihr Verstand ihr nicht einen Streich spielt. Dann macht sie einen Schritt auf ihn zu und zerrt ihn mehr oder weniger vom Rad, hinter einen Mauervorsprung, der sie vor jedem Blick vom Wohnwagen her verbirgt.

»Jan muss dich nicht sehen.«

Vin Diesel heißt also Jan, denkt Lukas noch und hat Mühe, sich auf Maries Gestammel zu konzentrieren.

»Was … wie hast du … Ich konnte vorhin nicht mehr sagen, es ist … alles Scheiße.«

So kennt er Marie nicht, ihre Augen wandern unablässig hin und her, die Haare hängen ihr strähnig ins Gesicht, ihre Hände zittern, als sie nach Lukas' Arm greift und sich an ihm festklammert, als wollte sie ihn nie wieder loslassen. Sie hat Angst, denkt Lukas. Wie ein Tier, das hin und her gehetzt wird, in einer Falle sitzt, keinen Ausweg mehr sieht.

Er zieht Marie an sich und spürt, wie sich ihre Schultern verspannen. »He«, flüstert er. »Ganz ruhig. Versuch mir zu erzählen, was passiert ist.«

Als sie nichts erwidert, dringt er weiter in sie. Obwohl er weiß, das sie jeden Moment dichtmachen kann und gar nichts mehr sagt. Aber er muss es loswerden, seine Fragen, seine Enttäuschung, dass sie ihn nicht eingeweiht hat, sein … Entsetzen über das, was sie getan haben. Woran er nicht mehr zweifelt, seit er Vin Diesel vor dem Wohnwagen gesehen hat …

»Ihr habt den Typen echt entführt? Aber was wollt ihr jetzt mit ihm machen? Und wieso … Ich meine, war das die Abstimmung im Schwimmbad, als es darum ging, ob Gewalt okay ist oder nicht? Ich habe euch gehört, und die Rothaarige aus unserer Schule war die Letzte, die die Hand gehoben hat. War das euer ›Ja‹ zu Gewalt?«

»Was? Nein!« Marie reißt ihren Kopf heftig zurück, dass sie fast stolpert. »Genau umgekehrt, die Abstimmung war, dass weiterhin alle Aktionen gewaltfrei bleiben sollen. Auch wenn es vielleicht legitim wäre, aber wir haben dagegen gestimmt.«

»Das kapiere ich nicht. Und wieso ist dann … der Typ im Wohnwagen? Der Ministerpräsident, meine ich. Ist er doch, oder?«

Marie nickt nur. Ihre Augen flackern. Als sie tief ausatmet und zu den Baumwipfeln hinaufblickt, weiß Lukas, dass sie gerade entschieden hat, ihm alles zu erzählen.

23.
As if all cities burned …

Lukas erfährt, was passiert ist. Die Situation ist aussichtslos. Lukas kommt auf eine Idee, die eventuell funktionieren könnte.

Lukas hat sich geirrt. Marie und die anderen Leute von OFF, die ihn erst vor den Bullen gerettet und dann mit in ihr Versteck geschleppt haben, waren sich zwar nicht wirklich einig über das Thema Gewalt. Aber ihre Entscheidung war eindeutig: keine Gewalt.

Und als sie ihn allein da zurückgelassen haben, ging es nicht darum, jetzt irgendeine Gewaltaktion durchzuziehen. Sondern sie wollten ihr Versteck auflösen. Die Computer und alles irgendwo anders hinbringen. Das war schon eine ganze Weile so geplant – nie zu lange am selben Ort bleiben. Und dann war ihnen Lukas in die Aktion mit dem Floß geplatzt und hatte alles auffliegen lassen. Ohne es zu wollen, natürlich. Aber das Lukas jetzt ihr Versteck kannte, hat den Ausschlag gegeben.

Sie haben ihm nicht getraut, vor allem Vin Diesel nicht. Und obwohl Marie für ihn gesprochen hat, war auch sie sich nicht sicher.

Vor allem wollten sie vermeiden, dass Lukas etwas davon mitbekam, was sie vorhatten. Ihr Versteck aufzulösen. Ihre Einsatzzentrale woanders einzurichten. Für den Fall, dass er doch irgendwas erzählen würde, wäre alles ohne jeden Beweis. Was auch Lukas schützen sollte – niemand würde seiner Geschichte glauben. Und damit würde ihn auch niemand mehr verdächtigen, mit den Leuten von OFF zu tun zu haben. Niemand gleich die Bullen.

Deshalb die Aktion, abzuhauen, aber ihm den Schlüssel dazulassen. Sie haben ihn tatsächlich beobachtet. Und nur abgewartet, bis er weg war. Und dann alles abtransportiert und alle Spuren beseitigt, die irgendeinen Hinweis darauf geben konnten, dass da jemals jemand war.

Was dann passiert ist, war nicht geplant. Eigentlich hatten sie sich bei der Großdemo am nächsten Vormittag unter die »Klimatoten« mischen wollen. Eine Aktion von den Fridays-for-Future-Leuten. Die aber keine Ahnung davon hatten, was der Plan von OFF war. Die Sache mit den präparierten Schaufensterpuppen, die sie schon lange für eine solche Gelegenheit vorgesehen hatten. Puppen, die plötzlich in hell lodernde Flammen aufgehen würden – genau in dem Moment, in dem die Limousinen der Konferenzteilnehmer vorfuhren. Brennende Wälder, brennende Häuser, brennende Menschen. Die Welt in Flammen.

Nicht so gut wie die Idee mit dem »Waterworld«-Floß, aber spektakulär genug, um die Presse auf ihre Forderungen aufmerksam zu machen.

Nur dass es eben so weit gar nicht gekommen ist. Weil Vin Diesel am Morgen, als er die anderen abholen wollte, den Ministerpräsidenten gesehen hat. Beim Joggen. Allein. Und gerade erst war auch im Radio das Interview ausgestrahlt worden. Diese zynischen und verlogenen Sätze, die noch mal deutlich machten, was von der Klimakonferenz zu erwarten war. Nichts außer leeren Worten. Null. Niente. Nada.

»Ich glaube, Jan ist einfach durchgedreht«, sagt Marie. »Er hat nicht weiter nachgedacht, er hat dem Typen den Weg abgeschnitten und ihn durch die Schiebetür in den Bus gezerrt. Und dann …«

»Kurzschluss!«

Sie haben Vin Diesel nicht kommen hören. Jan. Als er jetzt plötzlich vor ihnen steht, zucken sie beide ein Stück zurück.

Er muss den letzten Satz von Marie noch gehört haben. »Kurzschluss«, wiederholt er. »Ich habe diesen Sesselfurzer nur gesehen und sofort seine Stimme aus dem Interview wieder gehört. Und da bin ich durchgedreht. Ich war … ich weiß nicht, wütend, ich wollte irgendwas kaputtschlagen, ich wollte diesem Typen ins Gesicht spucken und ihn anschreien, damit er endlich mal irgendwas begreift. Vielleicht auch damit er Angst kriegt, damit er mal merkt, wie es ist, wenn man gar nichts machen kann, sondern nur zugucken, wie um dich rum alles den Bach runtergeht, während du schon genau weißt, dass du der Nächste bist, den es erwischt. Irgendwie so was. – Okay, war Scheiße, ja. Auch gegen die Absprachen und so, weiß ich alles. Aber jetzt ist es zu spät.«

Für einen Moment sieht es fast so aus, als würde er sich gegenüber Lukas rechtfertigen wollen. Überhaupt ist Jan ganz anders als bisher. Offensichtlich akzeptiert er sogar, dass Lukas plötzlich aufgetaucht ist und Bescheid weiß. Und er scheint Gedanken lesen zu können …

»Mann, jetzt glotz nicht so bescheuert«, wendet er sich direkt an Lukas. »Ist alles gut, ich glaub nicht mehr, dass du uns verrätst. Sonst wären schon längst die Bullen angerückt. Also …« Er streckt Lukas die Hand hin. »Mitgefangen, mitgehangen oder so. Wolltest du doch unbedingt.«

»Scheiße«, sagt Lukas und greift nach Jans Hand. «Und jetzt?«

»Eben«, kommt es von Marie. »Das ist unser Problem. Wir wissen es nicht. Wir haben keine Ahnung, was wir jetzt machen sollen. Mann, Lukas, begreif doch, wir haben jemanden entführt! Das heißt, wir haben ihn gegen seinen Willen und … Alles, was jetzt passiert, ist unsere Verantwortung! Wir können ihn nicht in dem Scheiß-Wohnwagen da einsperren und erst wieder freilassen, wenn sie auf unsere Forderungen eingehen. Das ist Entführung und Erpressung und … stell dir vor, er kriegt einen Herzanfall oder braucht bestimmte Medikamente oder was weiß ich, und wir sind schuld, wenn er …« Marie schluckt heftig.

»Wir müssen ihn loswerden«, erklärt Jan in die Pause hinein. »Aber wenn wir ihn vorm nächsten Krankenhaus abladen oder bei den Bullen selber, werden sie trotzdem hinter uns her sein. Und da haben wir keine Chance, die kriegen uns, so viel ist sicher. Deshalb wollte ich mich auch stellen. Also hingehen und irgendwie sagen: Hey, ich bin ausgeflippt, ich allein war's. – Ich kenne einen Anwalt, der gut ist. Vielleicht mit dem zusammen. Aber Marie sagt …«

»Dass das eine Scheiß-Idee ist. Nicht nur weil Jan dann ein echtes Problem hat, sondern weil sie nicht lockerlassen werden, bis sie uns alle haben. Und dann ist es egal, ob die anderen überhaupt irgendwas gewusst haben, es reicht völlig, dass sie für alle Aktionen, die wir bisher gemacht haben, dann Namen zuordnen können. – He, Lukas, kapierst du? Sie werden sich nicht damit zufriedengeben, wenn sie Jan haben. Und wir waren gerade dabei, ein Netzwerk aufzubauen. Über unsere Kontakte kommen sie auch an alle anderen Gruppen ran, Namen, Adressen, geplante Aktionen. So sieht es aus.«

»Warte mal! Wer weiß jetzt ganz konkret, dass der Typ da im Wohnwagen hockt? Auch Anna und die andere Frau, die bei euch war? Oder die angeblichen Radrennfahrer vom Parkplatz, wo ihr mich ...«

Marie schüttelt den Kopf.

Aber es ist Jan, der dann antwortet. »Nur Marie und ich. Und jetzt du. Die anderen sind auf der Demo, die haben keine Ahnung. Wir haben auch keine Handys mehr benutzt. Ausgeschaltet. Nur für den Fall, dass ...«

»Aber er hat dich gesehen. Der Ministerpräsident, meine ich.«

»Glaube ich nicht. Ich habe ihm sofort den Stoffbeutel übergestreift, den wir auch bei dir benutzt haben. Und ich bin von hinten an ihn ran, direkt aus der Schiebetür raus. Er kann höchstens den Bus kurz gesehen haben, als er vorbeilaufen wollte.«

»Und jetzt? Im Wohnwagen? Ihr habt ihm doch was zu essen und zu trinken gebracht?«

»Und einen Eimer«, bestätigt Jan. »Damit er sich

nicht vollschifft. Aber wir hatten Masken auf, beide. Keine Skimasken, sondern die Dinger aus dem Wohnwagen. Müssten aber trotzdem gereicht haben. Die Skimasken haben wir gestern beim Aufräumen mit weggeworfen. Kommt nicht gut, wenn sie dich mit so einem Ding in der Tasche erwischen …«

»Stopp!«, unterbricht ihn Lukas. »Was für Masken waren das im Wohnwagen?«

»Uralt«, erklärt Marie. »Von irgendeinem Kindergeburtstag, den ich mal bei meinem Onkel gefeiert habe. Zwergenmasken! Hier!« Sie greift in die Tasche ihres Hoodies und zieht eine Maske hervor. Weißer Vollbart, rote Bäckchen und Knollennase, Zipfelmütze.

Lukas kneift die Augen zusammen. Er hat irgendein Bild im Kopf, aus der Zeitung und schon länger her. Aber es hatte was mit dem Ministerpräsidenten zu tun.

»Wie viele von den Zwergenmasken habt ihr?«

»Ich weiß nicht«, antwortet Marie. »Die zwei, die Jan und ich benutzt haben, und … fünf, sechs, bestimmt. Wieso? Wozu willst du das wissen? Wir können ihm ja wohl kaum einreden, dass er von ein paar Zwergen entführt worden wäre! Also nicht von irgendwelchen durchgeknallten linken Typen mit Zwergenmasken, sondern von echten Zwergen.«

»Doch, können wir vielleicht. Er steht nämlich auf Zwerge! Ich bin mir sicher, dass ich in der Zeitung was gesehen habe, ein Foto von ihm mit seiner Sammlung von Gartenzwergen. Der sammelt die Dinger, kapiert ihr! Und ist stolz darauf. Wenn wir ... Es geht darum, dass er glauben muss ...«

»Hä?«, lässt sich Jan vernehmen.

Lukas blickt nur auf Marie. Er weiß, dass sie gerade in dieselbe Richtung denkt wie er.

»Ist fies, oder?«, fragt sie so leise, dass Lukas Mühe hat, sie bei dem Lärm überhaupt zu verstehen. »Was ist, wenn er Panik kriegt und ausflippt? Das können wir nicht machen, Lukas! Außerdem weiß ich nicht, woher wir so schnell ...«

»Bennie hat noch was, hat er neulich erst erzählt. Er hat mal was von Hendrik gekauft, hat sich aber bisher nicht getraut, so rein rollstuhlmäßig und so.«

»Hä? Wovon redet ihr Leute?« Jan tippt sich an die Stirn. »Seid ihr komplett durchgeschreddert? Erzählt ihr mir vielleicht auch mal was? Wovon hat Bennie noch was? Wer ist Bennie überhaupt? Und wer ist Hendrik ...?«

24.
The same kind of tactic

Lukas und Bennie streiten sich. Lukas' Plan funktioniert. Der Ministerpräsident sorgt für eine Überraschung.

Das einzige Mal, dass Lukas und Marie Pilze probiert haben, war auf einer Party bei Hendrik. Sie haben beide keine guten Erinnerungen daran, irgendwie war es doof. Oder nicht doof – aber auch nicht wirklich gut. Es hat ihnen Angst gemacht, dass alles um sie herum … anders war, viel intensiver. Wie in einer unbekannten Dimension, in der man nicht mehr man selbst war, und dann kamen die Halluzinationen hinzu, wilde Farbmuster und keine fest umrissenen Konturen mehr. Und schließlich ein überbordendes Glücksgefühl. Aber Lukas erinnert sich vor allem an die sich bewegenden Wände, die Häuser, die sich vor ihnen verneigten, der Zebrastreifen, der unter ihren Füßen Wellen schlug.

Deshalb haben sie die Magic Mushrooms auch eher vorsichtig dosiert. Die Wirkung setzt dennoch überraschend schnell ein. Und was immer der Ministerpräsident glaubt, womit er unterwegs ist, er findet eindeutig Gefallen daran, von Jan im Lastenfahrrad in Richtung Stadt kutschiert zu werden.

»Ich bin schwerelos!«, ruft er den Polizisten zu, die an der Landstraße stichprobenartig Autos an den Fahrbahnrand winken, um sie zu kontrollieren. »Völlig schwerelos, ich fliege!«

Lukas sieht förmlich, was die Polizisten denken, bevor sie entscheiden, dass alles in Ordnung ist: ein Spaßvogel im Hoodie, schon ein bisschen älter, Alt-Punk vielleicht, mit einer Zwergenmaske. Genauso fröhlich wie seine Zwergen-Freunde. Beide jünger, könnten seine Kinder sein. Zwei Jungen, ein Mädchen. Sind vielleicht auf dem Weg zur Demo. Nein, eher zu irgendeiner Party. Oder Ausflug. Sind ja Ferien. Sehen jedenfalls nicht so aus wie Antifa oder andere Krawallmacher …

Außerdem suchen wir nach Leuten, die den Ministerpräsidenten entführt haben könnten. Aber die sind ganz sicher nicht mit Fahrrädern unterwegs. Und die Richtung stimmt auch nicht. Sie fahren ja nicht weg von der Stadt, sondern hin. Dass passt nicht zu einer Entführung. Was immer das für schräge Typen sind, ist nicht unser Problem, sollen sich die Kollegen in der Stadt drum kümmern!

Das Lastenfahrrad war Maries Idee. Sie haben es sich von Bennies Mutter ausgeliehen, Bennies Mutter hat noch nicht mal wissen wollen, wofür sie es brauchen. Mit Bennie selber war es deutlich schwieriger: »Nee, Leute, so nicht. Ich meine, ihr müsst mir wenigstens erzählen, wie der Plan ist! Ihr könnt nicht einfach kommen, euch mal eben meine Fungi und mein Lastenfahrrad greifen und wieder verschwinden. Ganz konkret: Ist der Typ bei euch? Im Radio und auf allen Fernsehkanälen drehen sie gerade völlig ab, alle fünf Minuten irgendeine Sondermeldung, ziemlich wilde Spekulationen, aber alles in dieselbe Richtung: Terrorismus wie zu schlimmsten RAF-Zeiten, Bader-Meinhoff und so! Fragt nicht, wie sie auf der Demo eben schon den Schwarzen Block zusammengeknüppelt haben, Wasserwerfer und alles. Sozusagen prophylaktisch, wird schon die Richtigen treffen, alles linke Chaoten, die es nicht anders verdient haben …«

»Wir können dir nichts sagen, Bennie«, hat Marie versucht zu erklären, wurde aber sofort von Bennie wieder unterbrochen.

»Aber ihm schon, oder was?« Er hat auf Lukas gezeigt, als würde er ihn am liebsten vor sich herstoßen, anschreien, schlagen. »Bist du jetzt dabei, ja? Schön für dich. Wolltest du ja immer schon. Super, gratuliere! Nein, mach dir keine Sorgen, ist ja klar, dass du deinen

Kumpel nicht gebrauchen kannst. Verstehe ich vollkommen. Mit einem Scheiß-Krüppel will keiner …«

»Hör auf, Bennie!« Lukas hat nach Bennies Hand gegriffen und seinen Arm nach unten gezwungen, während er zwischen den Zähnen hervorgestoßen hat: »Wir brauchen dich hier, du Idiot! Für den Fall, dass irgendwas schiefgeht. Wir brauchen jemanden, dem wir vertrauen können und der cool genug ist, um sich was einfallen zu lassen, wenn wir am Arsch sind, was im Übrigen verdammt schnell passieren kann! Und du musst auch jetzt schon was für uns machen, ist wichtig! Grab alles über den Ministerpräsidenten aus, was du finden kannst, egal was.«

Mit ein paar Sätzen hat er Bennie erklärt, was er von ihm will.

Bennie hat mehrmals geschluckt, bevor er endlich genickt hat. Um sich dann wortlos zu seinem PC zu drehen, als wären Lukas und Marie schon nicht mehr im Zimmer.

»Gut gelogen«, hat Marie zu Lukas gesagt, als sie auf dem Rückweg zum FKK-Gelände waren. »Zumindest ist er erst mal beschäftigt und fühlt sich nicht völlig … nutzlos. Es ist scheiße mit Bennie.«

»War nicht nur gelogen«, hat Lukas erwidert. »Wenn ich recht habe, könnte es funktionieren. Dann ist das Chaos perfekt, das rettet uns vielleicht.«

Marie schien nicht wirklich überzeugt, nachdem er ihr erzählt hat, was er meinte. Was er sich schon auf dem Hinweg überlegt hatte, wozu sie Bennies Hilfe brauchten.

»Klar, könnte funktionieren«, hat sie nur gesagt.

Ein bisschen mehr Begeisterung hatte Lukas schon erwartet. Aber vielleicht hat Marie ja auch recht, vielleicht ist *das* wirklich völlig egal, hat er noch gedacht. Eigentlich geht es im Moment nur darum, dass die andere Sache klappt. Dass der Ministerpräsident schön brav das Risotto isst, was sie ihm kochen werden. Pilz-Risotto!

Sie fahren mehrere Umwege, um möglichst zu vermeiden, dass sie irgendjemanden treffen, der genauer hinguckt als die Bullen bei der Fahrradkontrolle. Und einmal müssen sie anhalten, weil der Ministerpräsident pinkeln muss. Wobei er irgendwas erzählt, dass er »einen Regenbogen pissen« würde. Was ihn wiederum so glücklich macht, dass er dann auch, ohne zu murren, auf seinem Sitz im Lastenfahrrad hocken bleibt und die beiden Zwergenkumpel, die auf ihn aufpassen, mit wirrem Zeug vollquatscht. Während Lukas im Copyshop den Flyer kopiert, den sie noch im Wohnwagen gebastelt haben. Zwei verschiedene Versionen, auf der einen steht nur: KLIMASTREIK JETZT. Das ist auch die,

die er oben auf den Stapel legt, bevor er an der Kasse bezahlt. Ist ein Risiko, schon klar, aber eine andere Lösung ist ihnen auf die Schnelle nicht eingefallen.

Als sie sich dem Rathaus nähern, ist Lukas so nervös, dass ihm schlecht ist. Jan scheint es kaum anders zu gehen. Marie übernimmt es, dem Ministerpräsidenten zu erklären, was er gleich tun muss.

Um kurz nach sechs sind sie am Platz vor dem Rathaus. Das Timing ist so perfekt, dass es Lukas fast zu schön erscheint, um wahr zu sein. *Zu perfekt.* Als würden sie geradewegs in eine Falle rennen. Aber es ist zu spät, um den Plan jetzt noch zu ändern.

Gerade fahren die letzten Limousinen vor, die die Teilnehmer der Konferenz zum festlichen Abendessen im Prunksaal der Stadt bringen. Und auf der Freitreppe soll vorher noch ein Gruppenfoto für die Presse gemacht werden, die bereits mit gezückten Kameras darauf wartet, dass die Gäste vollzählig sind.

Den Platz des Ministerpräsidenten hat sein persönlicher Referent eingenommen, neben dem Oberbürgermeister und den beiden Ministern, Umwelt und Landwirtschaft.

»Jetzt!«, sagt Marie und schiebt den Ministerpräsidenten in die richtige Richtung. »Siehst du die Leute da auf der Treppe? Das sind die, die auf dich warten. Lauf einfach hin und ruf: ›Hier bin ich!‹ Und dann gibst du ihnen deine Zettel. Lass dich von niemandem anhalten, denk dran, wir sind Zwerge, wir sind stärker als alle anderen!«

A SELF-FULFILLING PROPHECY

Großaufnahme. Eine Zwergenmaske. Das Bild ist leicht verwackelt. Als die Kamera zurückfährt, erkennt man eine Person im schwarzen Hoodie, die gerade über das Drängelgitter vor der Freitreppe klettert. Von links kommen mehrere Polizisten angerannt. Ein Pressefotograf kniet sich auf das Pflaster, um Fotos zu schießen. Ein Polizist stößt ihn zur Seite. Der Mann mit der Zwergenmaske wechselt unvermittelt die Richtung. Dabei rutscht ihm ein Stapel Flugblätter aus der Hand und wird vom Wind über den Platz geweht. Für einen kurzen Augenblick sieht man auf dem Hoodie die aufgedruckte Silhouette eines Fischkutters. Wie auf der Fishermen's-Friend-Reklame. Nur dass es hier »Seawatch's Friend« heißt.

Die Kamera schwenkt über die Gruppe der Demonstranten, die den Mann lautstark anfeuern. Schnitt. Ein neuer Blickwinkel, womöglich von einer zweiten Kamera. Der Mann mit der Zwergenmaske ist jetzt von hinten zu sehen, wie er die Treppe hinaufrennt, genau auf die beiden Minister in der Gruppe zu. Close-up. Der Umweltminister reißt abwehrend die Arme hoch. Ein Bodyguard hechtet von rechts ins Bild und wirft den Mann mit der Zwergenmaske zu Boden. Erneut flattern Flugblätter durch die Luft. Schnitt. Halbtotale. Die Gruppe der Konferenzteilnehmer ist bis an die Türen des Rathauses zurückgewichen. Mehrere Polizisten zerren den Mann mit der Maske vom Boden hoch. Eine kreischende Frau rennt von links nach rechts durchs Bild, gefolgt von weiteren Sicherheitskräften. Im gleichen Moment reißt ein Polizist dem Mann die Maske vom Gesicht.

Schnitt. Großaufnahme. Das verschwitzte Gesicht des Ministerpräsidenten. Er brüllt etwas in die Kamera, was man nur mit Mühe versteht: »Ihr seht alle so komisch aus! Hört endlich mal auf, eure Gesichter nach allen Seiten zu verziehen. Lasst mich durch, ich bin ein Zwerg!«

Schnitt. Halbnah. Die aufgeregte Gruppe der Konferenzteilnehmer, die den Ministerpräsidenten umringt. Wieder sein Ruf: »Ich bin ein Zwerg. Ich bin stärker als ihr!«

Schnitt. Kameraschwenk mit dem Ministerpräsidenten, der von zwei Sanitätern zu einem Rettungswagen geführt wird.

Schnitt. Im Hintergrund das Rathaus, viele Leute, die in kleineren Gruppen zusammenstehen. Überall Polizisten. Close-up auf eine Reporterin, die ein Mikrofon in der Hand hält. Sie bemüht sich, einen professionellen Ton anzuschlagen, man hört jedoch deutlich, welche Mühe es ihr macht, das Geschehen für die Fernsehzuschauer zu erklären. Mehrmals unterbricht sie sich mitten im Satz, sie wirkt unkonzentriert und fahrig: »Der Ministerpräsident, der seit den frühen Morgenstunden vermisst wurde, ist … wieder da. Es ist keine zehn Minuten her, dass sich die Teilnehmer der Klimakonferenz auf der Rathaustreppe für ein Gruppenfoto versammelt hatten, als plötzlich … ein Mann über die Absperrung geklettert ist. Ein Mann mit einer Zwergenmaske. Natürlich musste die Situation für alle Beteiligten ausgesprochen bedrohlich wirken, die … Sicherheitskräfte, die Polizei haben entsprechend … reagiert. Der Schrecken in den Gesichtern der Konferenzteilnehmer war nur zu deutlich zu erkennen, der Schock, die Panik, womöglich in einen terroristischen Anschlag … äh involviert zu sein, Opfer eines Anschlags zu werden. Und umso größer dann das allgemeine … Ich weiß gar nicht, wie ich das formulieren soll, das Entsetzen, die Verblüffung, die Irritation, als deutlich wird, wer dieser Mann mit der Zwergenmaske ist! Ministerpräsident Martin Wolf! Und niemand kann zur Zeit sagen, was nun eigentlich passiert ist, wo er den gesamten Tag über gewesen ist, wo er jetzt plötzlich herkam. Diese Verkleidung mit der Maske ist ebenso ein Rätsel wie seine unverständlichen Rufe, dass er ein Zwerg sei. Das alles deutet darauf hin, dass er … nicht Herr seiner fünf Sinne gewesen sein kann, zur Zeit ist er auf dem Weg ins Krankenhaus zu einer … ärztlichen Untersuchung, die hoffentlich Aufschluss darüber geben wird, ob man ihn womöglich unter Drogen gesetzt hat. Die Frage, die sich dabei stellt, ist natürlich sofort: *Wer* sollte hinter einer solchen Aktion stecken? Ist Wolf tatsächlich entführt worden? Wer sind die Täter? Und ich erlaube mir, hier den laufenden Ermittlungen vorzugreifen und Ihnen eines der Flugblätter zu zeigen, die der Ministerpräsident bei sich trug, um sie den Teilnehmern der Konferenz zu überreichen.«

Die Reporterin hält den Flyer in die Kamera. Detail. Deutlich zu erkennen ist die Überschrift: HALLO ARSCHLÖCHER.

Die Kamera fährt zurück auf Halbnah, die Reporterin dreht den Flyer zu sich, um den Text abzulesen.

»Ich bitte vorab um Entschuldigung für die … vollkommen unangemessene Wortwahl, die Sie gleich hören werden. Es steht wohl außer Frage, dass … der Ministerpräsident weder solche Worte noch diesen Inhalt … zu verantworten hat. Da dürfte jeder Zweifel ausgeschlossen sein, aus welcher politischen Ecke dieser Text stammt.«

Sie räuspert sich. Ihre Stimme klingt jetzt, als würde sie sich zwingen müssen, die Ungeheuerlichkeit zu präsentieren: »Hallo, ihr verdammten Idioten! Die Wissenschaftler haben euch doch Jahrzehnte lang erzählt, was passieren würde, wenn die Treibhausgas-Emissionen nicht sinken. Aber ihr habt es nicht hören wollen. Und jetzt ist es passiert. Jetzt bekommt ihr die Konsequenzen für euer Nicht-Handeln zu spüren. Die Hitzewellen, den Starkregen, die Orkane, den Meeresspiegelanstieg, die Versauerung der Ozeane und noch viel mehr, mit anderen Worten: das Ende unserer Zivilisation!«

25.
No context for hope

Bennie hat ganze Arbeit geleistet. Die Lügen der Bild-Zeitung führen zu einer unerwarteten Wendung.

Der Kommentar wurde in voller Länge in den Abendnachrichten gesendet. In der Spätausgabe folgte die Erklärung, dass dem Ministerpräsidenten »halluzinogene Drogen« verabreicht worden waren. Er sich aber an nichts erinnern könne, außer dass er »mit den Zwergen« geredet habe, die sehr nett zu ihm gewesen seien. Der Ministerpräsident selber war für eine Stellungnahme nicht zu erreichen …

Zeitgleich ging ein Post in den sozialen Medien viral, unter dem Pseudonym »Zwerg Nase« und dem Hashtag #Zwergenfreund. Ein Foto aus einem Zeitungsporträt über den Ministerpräsidenten, das ein Jahr zuvor erschienen war. Martin Wolf inmitten seiner Sammlung von Gartenzwergen, die er stolz dem Fotografen präsentierte.

»Zwerg Nase« postete aber auch noch einen weiteren Bericht, der knapp drei Jahre zurücklag. Der Ministerpräsident, wie er in der Lüneburger Heide an einem »Pilzseminar« teilgenommen hatte: »Wissenswertes aus der Welt der Pilze – Erkundungstouren mit einem staatlich geprüften Pilzberater«. Pfifferling, Steinpilz, Marone. Pilze bestimmen. Pilze putzen. Pilze zubereiten. Eigentlich alles ganz harmlos. Aber innerhalb von Minuten gab es eine Reihe von Kommentaren dazu, die nahezu alle in die gleiche Richtung zielten. Auch ein Roman über einen Manager, der an einem Selbsterfahrungs-Seminar mit Magic Mushrooms teilgenommen hatte, wurde dabei erwähnt. Und es wurden jede Menge fluoreszierender 3-D-Bilder gepostet.

Auch die Zeitungen stürzten sich auf die Nachricht, zunächst mal eher zurückhaltend, was mögliche Hintergründe anging, und mit dem Verweis, dass die Ermittlungen der Polizei noch keine konkreten Ergebnisse gebracht haben. Die »Bild« ist dann die erste Zeitung, die auf Seite eins titelt:

MINISTERPRÄSIDENT IM DROGENRAUSCH

Um bereits einen Tag später die sprichwörtliche Katze aus dem Sack zu lassen:

DROGEN-MINISTER MIT LINKSRADIKALEN UNTER EINER DECKE?

Der Artikel besteht mehr oder weniger nur aus Andeutungen und Halbwahrheiten. Die Behauptung, dass Wolf in seiner Studentenzeit einer Splittergruppe der kommunistischen Partei angehört habe, ist ebenso gelogen wie der Schlusssatz:

> Aus gut informierten Kreisen ist zu hören, dass Wolf schon länger plante, die sogenannten Klimaaktivisten mit Geldern aus der Landeskasse zu finanzieren.

Drei Tage später tritt Ministerpräsident Martin Wolf »aus privaten Gründen« von seinem Amt zurück. Nachfolger wird sein langjähriger Konkurrent um das Amt aus seiner eigenen Partei. Der auf seiner Antrittsrede unmissverständlich klarstellt, dass er die »weiche Linie« seines Vorgängers nicht fortführen werde. »Stattdessen werden wir die Wirtschaft unterstützen, um Arbeitsplätze zu sichern und eine Abwanderung ins Ausland zu verhindern. Was den Klimaschutz angeht, so muss das Klima nicht geschützt werden, weil das gar nicht geht – ein Klima kann man nicht schützen! Sehr wohl aber werden wir uns dafür einsetzen, dass zeitnah Technologien entwickelt werden, die mögliche Umweltschäden begrenzen und langfristig vermeiden. Wir vertrauen dabei voll und ganz auf die Kernkompetenz des Wirtschaftsstandortes Deutschland: Fortschritt durch Innovation! Autofreie Innenstädte und Tempolimit wird es nicht geben, ebenso wenig wie einen verordneten ›Veggie-Day‹. Die Freiheit des mündigen Bürgers hat immer an erster Stelle zu stehen.«

26.
Fighting despair!

Die Klimakonferenz ist gescheitert. Die Leute von OFF haben einen neuen Plan. Lukas soll Bennie eine Frage stellen, deren Antwort er schon kennt.

»So, und jetzt sagt mir mal, wie lange es noch dauern wird, bis aus einer grundsätzlich gewaltfreien Bewegung die ersten ganz klar radikalen und gewaltbereiten Gruppen entstehen? Nicht nur wegen solcher dämlichen und dummdreisten Sprüche von einzelnen Idioten, sondern weil sie alle immer so weitermachen, als hätten wir noch genügend Zeit, um etwas zu ändern! Die Ergebnisse der Klimakonferenz sind doch das beste Ergebnis dafür – es ist reine Augenwischerei, in Wirklichkeit passiert gar nichts! Kohlekraft weiter bis 2038, Aus für Verbrennungsmotoren frühestens ab 2035 und so weiter, keine Auflagen für Flüge oder Kreuzfahrten, keine Tempolimits, nichts, sondern weiter schön Subventionen für nicht nachhaltige Produktion, für den

Einsatz von Pestiziden, für jede Form von Raubbau, die nur vorstellbar ist …«

Jan schüttelt den Kopf, als wollte er alles selber nicht glauben. »Mann, Leute, ich bin doch nicht der Einzige, der sich hier verarscht vorkommt. Und ich werde auch nicht der Einzige bleiben, der ausflippt und irgendeinen Scheiß baut, einfach weil er es nicht mehr ertragen kann, weil er … irgendwas tun muss, um die Arschlöcher zum Handeln zu zwingen.«

Jan zögert wieder kurz, bevor er weiterredet. »Wir haben Glück gehabt. Oder *ich* habe Glück gehabt. Es sieht so aus, als hätten sie tatsächlich nichts gefunden, was sie irgendwie weiterbringen würde. Muss noch nichts heißen, vielleicht kommt noch was. Aber völlig egal, auf jeden Fall kann's das nicht gewesen sein. Wir müssen weitermachen! Und eins muss klar sein, es geht um Regelüberschreitungen, Straßenblockaden, nicht angemeldete Versammlungen, Bürobesetzungen in den Parteizentralen und Konzernen, so was. Und auch Sabotage ist so lange friedlich, wie dabei keine Menschen zu Schaden kommen, danach werden wir demnächst handeln …«

Lukas blickt sich um. Sie sind zwölf Leute, er hat vorhin unauffällig gezählt. Lukas kennt nur Jan, Marie, Anna aus der Parallelklasse, die andere Frau, die noch mit dabei war. Und er meint, den Radrennfahrer vom

Parkplatz wiederzuerkennen – zu seiner Überraschung ebenfalls eine Frau!

Sie hocken auf der Wiese im Stadtpark, schön weit weg von irgendwelchen anderen Leuten mit ihren Grillfeuern. Auch Marie hat einen Grill mitgebracht, garantiert von ihren Eltern, ein schwarzes Eisenteil mit einem Dreibein und einer Kette, das aussieht, als wäre gerade eine Kompanie Pfadfinder angerückt. Neben dem Grillrost steht eine Schüssel mit Gemüse – Paprika, Tomaten, Zucchini, Auberginen, die der Hund von Anna aufmerksam bewacht. Ein Border Collie. Am liebsten frisst er Zwiebeln.

Am Anfang haben sie ein paar Runden Frisbee gespielt, freestyle und long-distance, bis jeder auf der Wiese zugeguckt hat, wie der Hund zwischen ihnen hin und her gerast ist, um sich die Scheibe zu schnappen. Danach haben sie dann alle Happy Birthday gesungen und Jan zugeprostet und ihn umarmt, obwohl er gar nicht Geburtstag hat. Aber jetzt sollte jeder, der zufällig zu ihnen rüberblickt, wissen, dass hier nur ein paar Typen sitzen, von denen einer seinen Geburtstag feiert.

Keiner von ihnen trägt ein T-Shirt mit irgendeiner Botschaft, noch nicht mal Hoodies. Einfach nur nette, bunte Klamotten. Jan hat es vielleicht ein bisschen übertrieben mit dem klein karierten Hemd und dem hellblauen Pullover, den er sich über die Schultern gelegt hat. Die Junge Union lässt schön grüßen!

Als Lukas zu Marie blickt, denkt er wieder, dass sie schöner ist als alle anderen. Die Frau, die mit Hoodie und in schwarzen Slacks genauso cool aussieht wie jetzt mit dem Paillettenshirt und dem Minirock. Und dass er ein Scheißglück hat, weil er derjenige ist, der sie auch ohne Minirock oder irgendein anderes Stück Stoff kennt. Und überhaupt sitzt er hier nicht nur mit Marie, sondern mit so ziemlich den coolsten Leuten, die er bislang getroffen hat. Weil sie alle das Gleiche wollen – und weil sie sich entschieden haben, dafür etwas mehr zu riskieren als nur ein bisschen Ärger zu Hause oder in der Schule. Aber sie überlegen vorher verdammt genau, was sie tun. Sie reden darüber. Sie verlassen sich darauf, dass niemand dabei ist, der sich nur wichtig machen will …

Für einen Moment hat Lukas nicht hingehört, was Jan gerade sagt. Aber der Zusammenhang ist klar: »Wir halten jetzt mal zwei, drei Wochen schön still, als hätte es uns nie gegeben. Und wir nutzen die Zeit, um einen neuen Platz zu finden, von dem aus wir arbeiten können. Marie hat da was von einer Kirche erzählt, die vielleicht passen könnte. Guter Keller, trocken und alles, und ein zweiter Eingang von außen. War bislang der Übungsraum von einer Band …«

Der Blick, den Marie Lukas zuwirft, ist eindeutig. Lukas weiß, um welche Kirche es geht. Auch wenn er nur die Ecke hinter der Orgel kennt!

»… Machen wir doch eine Band auf, Leute!«, redet Jan weiter. »Bisschen Hip-Hop und Elektro, dann ist auch klar, wozu wir die Computer brauchen.«

»Kirche ist nicht schlecht«, stimmt ihm einer von den anderen zu. »Sollten wir schnell entscheiden, ob wir das machen.«

Jan nickt. »Sehe ich genauso. Sowie überall die Sommerferien vorbei sind, muss unser Netzwerk wieder laufen. Weil es dann drauf ankommt. Marie, erzählst du weiter?«

Von einem Moment zum nächsten scheint Marie eine vollkommen andere zu sein. Auch wenn sie natürlich immer noch das Paillettenshirt und den Minirock trägt, meint Lukas, die Frau in den schwarzen Klamotten zu sehen, die im Supermarkt über die Tiefkühltruhe springt und vor ihm herrennt, zum Notausgang raus. Nur dass sie diesmal nicht plötzlich verschwunden ist, sondern direkt vor ihm steht …

»Es geht um einen ganz bestimmten Tag, den wir noch festlegen müssen. Vielleicht zum Wochenende, das könnte es einfacher machen, aber ich weiß es noch nicht. *Ein* Datum. In allen größeren Städten Deutschlands. Überall die gleiche Parole, auf jeder Mauer, an jeder Wand: WE'RE FUCKED. Ohne Erklärung für die Presse oder sonst jemanden. Und genau einen Tag später sind die Hüttendörfer da, über Nacht aufgebaut. Hütten, Zelte, große Banner oben drübergespannt. Vor jedem Rathaus und jedem Regierungssitz. Und wir machen nichts, als eine Petition zu überreichen, die gleichzeitig an die Presse und an die Medien geht. Und dasselbe auch als Flugblatt. Ich habe den Text noch nicht ganz fertig, aber der Schluss ist klar. Es müssen dieselben Sätze sein wie auf den Bannern: Wir bleiben so lange hier, bis ihr unsere Forderungen erfüllt. – Ich würde das gerne mit Lukas zu Ende formulieren, und dann könnt ihr was dazu sagen, ist das okay?«

»Du weißt, was das heißt, oder?« Jan dreht sich zu Lukas. Für einen Moment ist die alte Schärfe in seiner Stimme wieder da, Vin Diesel, der keinem traut und am liebsten alles allein machen würde. Weil nur er wirklich durchblickt.

»Komm runter, Jan«, sagt Marie. »Ohne Lukas wärst du jetzt gar nicht hier. Aber okay, machen wir es offiziell, stimmen wir ab. Irgendjemand, der gegen Lukas ist?«

Alle Hände bleiben unten.

»Willkommen«, sagt Anna. »Dass es nicht nur witzig mit uns ist, hast du ja schon gemerkt.«

»Ist klar«, bringt Lukas raus. »Ich ... Ach, Scheiße,

Leute, ich …« Dann zuckt er nur mit den Schultern, weil er tatsächlich nicht weiß, was er eigentlich sagen soll.

»Schöne Rede«, grinst Jan. »Hoffen wir mal, dass Marie den größten Teil für das Flugblatt alleine hinkriegt.«

»Noch was anderes«, sagt Marie, bevor Lukas reagieren kann. »Wir würden Bennie gerne mit dazuholen. Ein zweiter Mann für die Netzarbeit wäre nicht schlecht. Du kennst ihn am besten, Lukas, es muss sicher sein, dass er nicht drüber redet, auch nicht mit Hendrik und den anderen von euch. Und es muss Schluss sein mit den Hochsitzen und …«

»Sind sowieso fast alle abgesägt.« Diesmal ist es Lukas, der grinst. »Ich frag Bennie, aber ich weiß die Antwort auch so schon.«

Epilog.
Vier Wochen später

We're fucked!

Wir haben Fehler gemacht, wir legen ein volles Geständnis ab.

Wir sind nachgiebig gewesen.

Wir sind anpassungsfähig gewesen.

Wir sind nicht radikal gewesen.

Wir sind nicht weiter aufgefallen.

Wir sind sachlich gewesen.

Wir sind gehorsam gewesen.

Wir sind wirklich unerträglich gewesen.

Wir waren nicht glücklich dabei.

Wir hatten ein schlechtes Gewissen dabei, aber wir haben nichts geändert.

Wir haben niemals etwas gesagt oder getan, was unserem Ärger tatsächlich nahekam.

Wir waren lediglich enttäuscht.

Wir haben unsere Lehrer im Stich gelassen.

Unsere Eltern, unsere Großeltern, unsere Onkels und

Tanten, unsere Nachbarn, unsere Freunde und Bekannten.

Wir haben sie nicht mitgerissen.

Wir haben es nicht geschafft, dass sie etwas von uns lernen.

Wir haben es so weit kommen lassen, dass unsere Lehrer, die Nachbarn, die Politiker, die Presse uns als Schulschwänzer denunzierten, statt gemeinsam mit uns die verantwortlichen Minister, die Wirtschaftsbosse und die Bankenmanager als Kriminelle zu denunzieren.

Wir haben trotz allem immer schön ruhig und fernsehtauglich geantwortet.

Wir haben uns mit dem Hinweis auf Ruhe und Ordnung zu Ruhe und Ordnung bringen lassen.

Wir haben uns da offenbar niemals klar ausgedrückt.

Wir wollen uns jetzt klar ausdrücken:

Es geht uns tatsächlich um die Abschaffung von Ruhe und Ordnung,

es geht um unbürokratisches Verhalten,

es geht um Ungehorsam,

es geht darum, endlich nicht mehr sachlich zu sein.

Wir haben viel zu lange schon in aller Sachlichkeit über die Ursachen und die Folgen der Klimakatastrophe informiert und die unvorstellbarsten Einzelheiten geschildert, die unsere Zukunft bestimmen werden, ohne dass dabei die Fantasie der Politiker in Gang gekommen wäre.

Stattdessen hat man uns gesagt, wir möchten doch bitte etwas mehr Geduld und ein bisschen weniger schlechte Laune haben.

Doch wir brauchten nur zu einer Demonstration aufzurufen und einen Tag lang den Verkehr auf der Straße zum Stillstand bringen, um ehrliches, allgemeines und nachhaltiges Grauen zu erregen.

Da sind wir auf den Gedanken gekommen, dass wir erst den Verkehr blockieren müssen, bevor wir die unerträgliche Tatenlosigkeit der Politiker blockieren können.

Da haben wir erkannt, dass die Empörung über das Schwänzen des Unterrichts und das Blockieren einer Straße genau die Empörung ist, mit der die Politiker dafür sorgen, dass unsere Empörung über ihr Nicht-Handeln ruhig und wirkungslos bleibt.

Da haben wir es endlich gefressen, dass wir gegen den Bürokratenwahn, gegen den Irrsinn des Profitwachstums, gegen die Verlogenheit der Mächtigen in Politik und Wirtschaft, gegen Ruhe und Ordnung, die doch nichts weiter als Untätigkeit bedeutet, gegen eine vorgebliche Rationalität und wohlweisliche Gefühlsarmut, dass wir gegen all das am sachlichsten argumentieren, wenn wir aufhören zu argumentieren und uns hier auf die Straße setzen.

Genau das werden wir jetzt tun. Wir setzen uns jetzt auf die Straßen, auf die Plätze und in eure Vorgärten.

Und wir bleiben so lange und stören eure verdammte Ruhe und Ordnung, bis ihr unsere Forderungen erfüllt.

Alle Städte und Regionen in Deutschland müssen bis zum Jahr 2035 vollständig klimaneutral werden.
In ganz Deutschland muss sofort der Klimanotstand ausgerufen und klar als solcher kommuniziert werden.
Es müssen die politischen Entscheidungen getroffen werden, die nötig sind, wenn wir noch eine Chance haben wollen, die Klimakatastrophe zu verhindern.

Fünf vor zwölf war gestern –
unterstützt Fridays for Future
https://fridaysforfuture.de/

Alle Zitate auf den Seiten bis 188 sind Originalkommentare aus dem Netz.

Der Aufruf »We're fucked« folgt in abgewandelter Form der Rede von Peter Schneider beim Sit-in an der FU Berlin 1967: »Wir haben Fehler gemacht«, 5. Mai 1967, Quelle: Jürgen Miermeister, Joch Staadt (Hg.): Provokationen. Die Studenten- und Jugendrevolte in ihren Flugblättern 1965-1971, S. 47 ff.

Der Autor

Wolfram Hänel, 1956 in Fulda geboren, lebt in Hannover und Berlin. Er arbeitete als Plakatmaler, Theaterfotograf, Werbetexter, Studienreferendar, Spiele-Erfinder und Dramaturg, bevor er 1987 zu schreiben anfing. Bislang sind über 150 Romane, Erzählungen und Bilderbücher von ihm erschienen, die in insgesamt 30 Sprachen übersetzt wurden. Für seine schriftstellerische Tätigkeit wurde Wolfram Hänel mehrfach ausgezeichnet, u. a. mit dem Friedrich-Gerstäcker-Preis für Jugendliteratur. Er ist Mitglied im PEN Berlin.
www.haenel-buecher.weebly.com